江戸人情短編傑作選

酔いどれ鳶《とんび》

宇江佐真理　菊池 仁・編

朝日文庫

本書は文庫オリジナルです。

目次

江戸人情短編傑作選

酔いどれ鳶《とんび》

酔いどれ鳶《とんび》

一

江戸は桜の季節も終わり、夏めいた陽射《ひざ》しが溢れている。裏店《うらだな》はどこでもそうだが、なみの住む神田三河町《みかわちょう》の徳兵衛店《とくべえだな》も表通りの裏手になっているので、普段でもあまり陽は射さない。それでも、天気のよい日は障子を透《す》かして陽射しが畳の上に細長い光の帯を造る。

眼を凝《こ》らせば、その光の中で埃《ほこり》が羽虫のようにくるくると舞っているのもわかる。なみはそれを見ると、俄《にわ》かに掃除をしようという気になり、慌てて腰を上げるのだ。

その日、土間口の油障子を開けて見上げた狭い空には、雲一つなかった。天気がよい日の江戸は、まるで故郷の松前の真夏のようだった。

なみは近所の人々に「今日は少しお暑いようですね」などと挨拶代わりの言葉を掛ける。

顔見知りとなった裏店の住人達も愛想のよい笑顔で「そうですねえ」と応えてくれる

が、さして暑がっている様子でもない。それに比べて、なみは土間口の掃除をしただけで額に汗が浮かんだ。

どうも江戸の人々は、北国の人間とは身体の造りが違うようだと、なみは思っている。なみの夫の相田総八郎《あいだそうはちろう》は、江戸の夏は耐え難いと今から脅《おど》す。松前の夏は海から吹く風が心地よく座敷を通るので凌《しの》ぎ易いのだ。もっと夏が続いていればいいのにと思うこともある。お盆が過ぎると、心地よい風は途端に野分《のわき》かと思えるほど強さを増す。

江戸へ出て来た当初、なみは通りを歩いていて、何か調子が違うことを訝《いぶか》しんでいた。何んだろうこの頼りなさは、と思っていたのだ。理由はしばらくして知れた。江戸は、松前のような強い風は、しょっ中《ちゆう》吹かない。風に抵抗して身体を前屈《かが》みにする必要がなかったのだ。

江戸の人々は、少し強い風が吹くと大袈裟なほど恐ろしがる。風が恐ろしいのではなく、その時に火事でも起きたら、住まいが接近しているので、ひとたまりもないと考えてしまうのだ。

木枯らしの季節になると江戸には筑波《つくば》おろしと呼ばれる風が吹く。人々はそれによって冬の到来を感じるらしい。

総八郎も松前生まれなので寒さには強いはずだが、江戸の冬は辛いと言った。雪がさほど降らない代わり、底意地の悪い寒さが着物の裾《すそ》から這《は》い上がるという。特に、昨年から今年に掛けての江戸の寒さは格別こたえたようだ。それは務めを解かれて藩邸の御《お》長屋《ながや》から追い出されたせいもあったろうし、前途を思って暗澹たる気持ちでもいたからだろう。

松前藩は移封《いほう》となり、大名から小名《しょうみょう》へと格下げにもなったので、大幅な人事の異動があった。その時、務めを解かれた者が多かった。総八郎も務めを解かれた一人だった。

総八郎は陽気もよくなったこの頃、日傭《ひよう》取りなどの仕事で毎日出かける。もはや禄《ろく》を当てにできないので、総八郎はとにかく働いて金を稼がなければならなかった。

総八郎が士籍を削られた時、藩から慰労金として二十両と米五俵が与えられたという。しかし、なみが江戸へ出て来て総八郎と再会が叶った時、その金も米もきれいさっぱりなくなっていた。

前途を悲観して朋輩《ほうばい》と憂さを晴らしたくなった気持ちもわからぬではないが、せめてその半分、いや三分の一でも残っていたなら、まだしも暮らしに余裕があったのにと、なみは恨めしかった。夫婦二人、どんなに切り詰めても月に一両やそこらの金は掛かるからだ。

それでも「稼ぐに追いつく貧乏なし」とはよく言ったもので、総八郎が働いてくれるお蔭で、なみは何んとか飢えずに暮らしていた。

総八郎の仕事は馬喰《ばくろ》町の口入《くちい》れ屋から回ってくる。仕事はその時々で違った。

祭りの飾り物を拵《こしら》える仕事もあれば、何に使うのか知れないが、晒《さらし》を細長く切って揃えるということもある。なみは手伝えるものがあれば喜んでそれをした。花見の頃は露店の軒先《のきさき》を飾る造花を拵えたものだ。

その日の総八郎は植木屋の手伝いをするので、朝早く弁当を持って染井《そめい》に出かけた。十日ほどの仕事で、その後は手内職の仕事があるらしい。

二

「お、おばさん、いねが? まだ、寝てるのか? お、お天道さま、よ、よほど高いっていうのに、ま、まだ寝てるのか?」

なみが井戸の前に洗濯盥《だらい》を出して洗濯をしていると、表通りの「紅屋《べにや》」という小間物屋の息子が青菜の入った籠を抱えてお米《よね》の住まいの前で甲高《かんだか》い声を上げた。

近所の女房達も井戸の周りに集まっていたが、とん七《しち》という息子には気にも留める様子がなかった。とん七は、本名は藤七《とうしち》だが、今では誰も藤七と呼ばない。なみも、この頃は皆んなと同じようにとん七さんと呼んでいる。

お米は早起きだから、まだ寝ているということもないと思っていたら、案の定、「やかましいねえ、何んだい、朝っぱらから」と、不機嫌な声が聞こえ、油障子が開いた。

「い、いたか、いたか。すぐ出て来《こ》ねが」

　とん七は文句を言う。

「すぐ出て来いと言ったところで、こっちは年寄りなんだよ。若い者のように、ひとまたぎで土間口に立てるものか」

「と、年は取りたくねェもんだ」

「お前のようなよいよいに言われたくないねえ」

「よいよいって言うな。お、おで（おれ）は、も、でェじょうぶだ」

「本当かえ？　ところで用事は何んだい」

「あ、義兄《あに》さん、か、葛飾《かつしか》の在《ざい》に行ったら、青菜貰ってきた。や、山のように貰ってきた。お、おっ母さんと姉ちゃん、お、おばさんの所に持って行けって喋った。み、皆んなで分ければ、い、いい」

「それはおかたじけだねえ。まあ、よく転ばずに運んで来たもんだ。だけどさあ、そういうことなら何もわざわざわっちを呼び立てなくても長屋のおかみさん達に言えばいいだろうに」

　お米は呼び出されて迷惑のような顔で言う。

「だ、駄目だ。お、おもんにやるもんかと魂胆《こんたん》する奴もいるから、おばさんでなきゃ駄目だ」

とん七は、やけに力んで言う。おもんという女も徳兵衛店に住んでいるが、女房達は何んとなくおもんを避けているふしがあった。

おもんは三十二、三の独り暮らしの女だった。日中は滅多に外へは出てこない。夕方近くに湯屋へ行くのを見かけるぐらいである。徳兵衛店の住人達が晩飯を食べる頃にそそくさと出かけて行く。居酒屋勤めをしているらしいが、それ以上のことはわからなかった。

夜更けになってから、洗い物をする水音が聞こえたことがあったので、なみが、そっと土間口へ下りて外を覗《のぞ》くと、井戸の前でしゃがんでいるおもんの後ろ姿が見えた。

おもんも裏店の住人達に何んとなく遠慮している様子があった。

「ちょいと、とん七。魂胆する奴って誰のことを言っているんだえ」

お駒《こま》という三十五、六の女が尖《とが》った声になった。

「き、聞こえたか。ま、まずかったな。聞こえたか」

とん七はとぼけた表情で言い訳にならない言い訳をした。単衣《ひとえ》の下前がだらしなく下がり、帯は、今にもほどけそうだ。とん七は、いつもそんな恰好で近所をうろうろしている。

「お駒。お前さん、とん七のおっ母さんから貰ったお赤飯をおもんに分けなかったじゃないか。とん七はそれを覚えていて言ったのさ」

お米は訳知り顔で言う。

「お赤飯？」

なみは傍《そば》にいたおさちに小声で訊いた。おさちはお米の姪だった。亭主は錺《かざり》職人をしていた。まだ独立する器量はなく、世話になっている親方の所へ弁当を持って毎日通っている。

「とん七の快気祝いに配ったんですよ」

おさちは声をひそめて応えた。とん七はまだ三十六、七なのに中風《ちゅうぶう》を患ってから歩行に支障をきたし、また呂律《ろれつ》の回らない物言いにもなった。一時は生命も危ぶまれるほどだったというから、とん七の母親にすれば近所に赤飯を配るほど回復が嬉しかったのだろう。

「あたしはおもんさんの所に持って行ったけど留守だったんだよ。後で届けようとは思っていたんだが、すっかり忘れちまってさあ」

お駒は、もごもごと言い訳した。

「おもんは、とん七のおっ母さんに、赤飯の味はどうだったかと訊かれて何んにも言えなかったってさ」

「もう、赤飯ひとつで大袈裟なこと」

お駒は、吐き捨てるように言う。

「一人だけのけ者にされたんじゃ、誰だっていい気持ちはしないやね。ま、済んだことはこのぐらいにしよう。あい、とん七、ありがたくいただきますよ」

お米はひょいと頭を下げた。とん七は邪気のない笑顔を見せた。

「そ、総さん、稼ぎに行ったか？」

とん七はお米に青菜を渡すとなみに訊いた。

「ええ、お蔭様で。染井の方に行きました」

「そ、総さん、ご新造さん来たから、は、張り切っている。け、けつに火が点《つ》いたみてェに稼ぐ」

「そうでしょうか」

「んだ。ま、前は昼から呑んだくれてた。も、死んでもいいってほざいた。お、おで、慰めたあ、慰めた」

「……」

総八郎にそんなことがあったのかと、なみは切ない気分になった。

「総さん、本当に立ち直ってよかったよう」

亭主が花屋をしているお房《ふさ》がとん七と同じ口調になると、おさちも肯《うなず》いた。

「おもん、青菜取りにおいで」

お米がおもんの住まいに向かって声を張り上げた。返事はない。

「わっちがお浸しに拵えておこうか」

お米がそう続けると、おもんの住まいの油障子が細めに開き、おもんが小腰を屈めるのが見えた。だが、すぐに油障子は閉じられた。

お米は短い吐息をつくと、女房達に青菜を配り出した。配られた青菜の量は青物屋でいつも買う三倍もあった。葛西菜《かさいな》と呼ばれ、大層滋養があると言われている。お浸しにしたり、油揚と炊き合わせにしたりする。

なみは油揚を買って、その夜は炊き合わせを拵えるつもりだった。

三

染井に出かけた総八郎は暮六つ（午後六時頃）の鐘が鳴った後に帰宅した。

「今、帰った」

総八郎はいつものように油障子を開けるとなみに声を掛けた。何やらうきうきした様子が感じられた。流しに立っていたなみは前垂れで手を拭《ぬぐ》うと慌てて三つ指を突き、「お戻りなされませ」と頭を下げた。

「うむ」

総八郎も気軽に返答する。浪人に身を落としているとはいえ、礼儀は昔と同じように二人の間で守られている。なみは袂《たもと》を捌《さば》いて総八郎の大小を受け取る構えになった。しかし、その日の総八郎の懐《ふところ》は、やけにぷっくりと膨《ふく》らんでいた。弁当の殻《から》にしては嵩《かさ》ばっているし、何やら甘だるい饐《す》えた臭いもした。

怪訝《けげん》な表情になったなみに、総八郎は白い歯を見せてにッと笑った。

「お客人だ」

そんなことを言いながら、懐から焦げ茶色のものを取り出した。なみは短い悲鳴を上げた。それはおおぶりの鳥だった。

「お鷹《たか》ですの？」

なみは恐る恐る訊く。松前藩での総八郎は鷹部屋《たかべや》席《せき》にいたので、なみも鷹と呼び捨てにはできない。総八郎は藩主が鷹狩りの折に立派な鳥籠に入れた鷹を携《たずさ》えて狩り場に同行していた。

「いや、こいつは鳶《とんび》よ」

総八郎はあっさりと応えた。務め柄、鷹ばかりでなく鳥類全般に通じている。それにしては、総八郎の腕の中の鳶はやけにおとなしかった。

「まあ、どうしてそんなものを」

「植木屋の手伝いをして畑にいるとな、こいつが倒れていたんだ。口から涎《よだれ》を垂らしていたんで、最初は死んでいるのかと思ったら、どうやら息がある。しかし、いかにも具合が悪そうだった。おれが腹を摩《さす》ってやると、それから少し吐いたのよ。だが、まだ本調子でないらしい」

なるほど、鳶はぐったりして眼も虚《うつ》ろだった。

「でも、この臭いは何んですの？　野生の鳥は皆、このように凄《すご》い臭いがするのですか」

土間口に鳶がいるだけで部屋の中に不快な臭いが充満した。

「こいつ、酔っぱらっているんだ」

総八郎は意に介するふうもなく応えた。

「酔っぱらって？」

鳶が酔っぱらうことなんてあるのかと思った。

「流しの下に風呂敷包みがあるはずだから、それを出してくれ」

総八郎は怪訝な顔をしたままのなみに命じた。

言われて流しの下を見ると、焦げ茶色の風呂敷に包まれたものがあった。なみはそれを取り出して総八郎の前に置いた。

風呂敷の中は鳥籠だった。

「お前様、まだこんな物をお持ちだったのですか」

なみは呆れたように言った。務めを解かれた総八郎には無用の物である。

「一つぐらいは鳥籠を残しておきたいと思うてな」

総八郎は照れたように言った。鳥籠の中には摺り餌《すえ》に使う容器やら、様々な道具が渋紙に包まれて丁寧に保存されていた。止まり木だけを残して、他はすべて出すと、総八郎はそっと鳶をその中に入れた。

「お飼いになるのですか」

なみは眉間に皺《しわ》を寄せて訊く。

「野生の鳥は人には慣れぬ。無理をして飼っても早死にするだけだ。元気になるまでの間だから、少し辛抱してくれ」

「さようですか」

なみは鳶が鳥籠に収まると、窓の障子を開けて外の空気を入れた。鳶は時々、苦しそうに羽をばたつかせた。

「お顔と手を洗って下さいませ。すぐに夕餉《ゆうげ》のご膳をお出ししますので」

なみはそう言ったが、総八郎は聞いているのかいないのか、鳥籠を見つめているばかりだった。

差し向かいで晩飯を食べている時も総八郎の眼は鳥籠を向いたままだった。

「どうしてその鳶は酔っぱらったのですか」

「うむ。おれが行った植木屋の客に造り酒屋がいるのよ。その酒屋は売り物にならない酒粕《さかかす》があるが、いらないかと植木屋に持ち掛けたらしい。植木屋は肥《こ》やしにするつもりで貰ってくると畑に撒《ま》いた。すると、こいつがそれを喰っちまったという訳だ。よほど腹が空いていたようだ……お、この青菜の煮付けはうまいな」

ようやくなみの方を向いた総八郎は無邪気な笑顔を見せた。

「とん七さんが届けて下さったのですよ。お義兄さんが葛飾に行って、たくさんいただいたそうです」

「気が利くな」

「ところでお前様、鳶は酒粕が好物でしたの？」

「わからん。こんなこと、おれも初めてだ。植木屋は鳶を介抱するおれを笑っていたよ。もの好きだってな」

「鷹部屋席の役人だったと申し上げたらよろしかったのに」

「そんなこと、いまさら言ってどうなる」

総八郎はその時だけ皮肉な口調になった。

「早く元気を取り戻せばいいですわね」

なみは取り繕うように慌てて言った。鳶を見つめる総八郎の眼は優しい。それはお務めに就《つ》いていた頃、鷹の雛《ひな》を預かって世話をしていた時と同じ表情だった。

その夜、鳶が羽をばたつかせる音でなみは何度も目覚めた。二日酔いの鳶、酔いどれ鳶と、なみは胸の中で呟《つぶや》いていた。

総八郎の朋輩の牧田兵庫助《まきたひょうごのすけ》が訪れたのは鳶を拾って来た翌日のことだった。兵庫助も士籍を削られて浪人をしている。

兵庫助は鳥籠の鳶を見ると興味深そうな表情になった。兵庫助は松前藩の作事奉行所の役人だったが、時々、鷹部屋席を覗きに来ることがあったそうだ。動物好きで、今も鶯《うぐいす》などを飼っているらしい。鶯がいい声でホーホケキョと鳴くのは春先の一時期のことで、他はギョ、ギョと、耳障《みみざわ》りな鳴き声ばかりだと言ってなみを笑わせた。

「まだ若鳥だな。一斤半（九百グラム）ほどの目方しかなさそうだ」

兵庫助はすばやく鳶の目方に見当をつける。

「親離れして間もないのだろう。ろくに餌の獲り方も覚えていなかったらしい」

「それにしても酒粕とは、呆れた奴だ。人間だったら相当の呑兵衛《のんべえ》だ」

「いかさまな」

「餌はどうする。鼠の死骸でも手に入れるのか」

兵庫助は平気でそんなことを言ったので、なみは、ぎょっとなった。

「鳶は鼠を食べるのですか」

茶の入った湯呑を兵庫助の前に差し出しながら、なみは恐る恐る訊く。

「うむ。鳶は雑食だから何んでも喰う。烏《からす》と同じだ」

総八郎は鳥籠に眼を向けたまま応えた。兵庫助はいつも晩飯の時分刻《どき》に訪れる。それがなみには悩みの種だった。あらかじめ予定されていれば、それなりのもてなしもできるというものである。あり合わせのもので酒を飲んで貰おうかと仕度を始めると、総八郎はこれから「千福《せんぷく》」で一杯やるつもりだと言った。

「まあ、そうですか」

「なみ殿、拙者、本日、少々懐に余裕がござるゆえ、ご心配なく」

兵庫助はなみを安心させるように言う。

「そんな。いつもいつもご馳走になっては申し訳ありませんよ」

「いやいや、武士は相身互《あいみたが》いという言葉もござるゆえ、酒代はある奴が払えばよいのだ」

兵庫助の妻子は奥州梁川《やながわ》で妻の両親と一緒に暮らしていた。浪人となった兵庫助は妻子を江戸に呼び寄せることもできず、離れ離れの生活を余儀なくされていた。妻子は両親の世話を受けながら何んとか食べているようだ。

藩からの慰労金を兵庫助はすべて妻子の許に届けたという。多分、なみが江戸へ出て来るまでの間は総八郎が兵庫助の酒肴の面倒を見たのだろう。

なみは、すまなそうな顔で兵庫助に頭を下げたが、内心では兵庫助がその時のお返しに総八郎に奢《おご》るのだと思っていた。

千福は総八郎のなじみの店で、今でも三日に一度は訪れる。大抵は晩飯を食べた後に行くので、さほど酔っては帰らないが、切り詰めた暮らしをしているなみには千福の掛かりが恨めしかった。

「このていたらくは、まるで大殿のようでござるな」

兵庫助はまた鳥籠に眼を向けると、ふと思いついたように言った。

「兵庫助！」

総八郎はすかさず窘《たしな》めた。

「いや、すまん。つい口が滑《すべ》った」

兵庫助は頭に手をやってから湯吞を口に運んだ。大殿とは先代藩主松前道広《みちひろ》のことだった。道広は重禁錮の沙汰を受け、江戸藩邸の座敷牢に幽閉されている。座敷牢では酒色が許されているので、道広はいつも泥酔状態でいるという。兵庫助はそれを言っていたのだ。

座敷牢から一歩も外へ出られないとなれば、泥酔状態になるのも無理はない。なみも内心で鳥籠の鳶を大殿に重ね合わせていた。

「梁川では梁川城の跡地に陣屋を造るらしい」

兵庫助は話題を変えるように言った。兵庫助は松前藩の新しい情報が入ると決まって総八郎を訪ねて来るので、その日も何か藩に関わる話をしに来たのだとなみは察しをつけていた。陣屋の話はなみも初耳だった。

梁川は松前藩が移封となった新しい領地である。幼なじみの妙《たえ》になみは手紙を書いたけれど、まだ返事は来ていない。なみが梁川を発った後のことはわからなかった。

「殿は陣屋の許可をご公儀に願い出たらしい。許可が下りたら、さっそく普請に入るようだ」

「そうか……」

総八郎は低く応えた。

「それから桑畑なども買い上げて、ご家来衆の屋敷にするそうだ。まあ、来年になるだろうが」

「それまでは梁川の連中も住まいに不自由するというものだ。向こうはお召し放しがなかっただけが幸いで、実情の暮らしは、我等とさほどの違いはないだろう」

総八郎は、ため息混じりに言う。兵庫助は大きく肯いた。

「梁川では禄の足しに養蚕《ようさん》を試みるということだが、うまくいくかどうか……」

兵庫助も家臣達が勝手の違う暮らしを強いられることを心底心配していた。人のよい二人だとなみは思った。それよりも自分達の暮らしが成り立つかどうかが先なのに。

「何も彼《か》も畑違いのことばかりだな」

総八郎の声が暗い。

「拙者は、海が見えぬ土地は息苦しいような気持ちになる」

兵庫助はそんな感想を洩《も》らした。奥州梁川は山また山に囲まれた土地だった。

「それはわしとて同じよ。江戸にいてさえ、時々、無性に海が見たくなって永代橋まで眺めに行くこともある」

「おぬしの気持ちはよっくわかる」

兵庫助は薄く笑った。

「この鳶、まだ回復に時間が掛かりそうか」

「そうだな。まだ四、五日は掛かるだろう」

鳶はようやく起き上がれるようになったが、食欲はなく、饐えたような臭いも消えていなかった。眼に鋭いものが戻ってきている程度で毛繕いする元気もなかった。

「水をいっぱい飲め。さすれば酒の気も抜けるぞ」

兵庫助は呑気《のんき》に鳶に呼び掛けた。

「鳶にそれがわかれば苦労はない」

総八郎は苦笑して鼻を鳴らした。

兵庫助が茶を飲み干すと、総八郎は外へ促した。これから千福で詮《せん》のない愚痴《ぐち》をこぼし合うのだ。それとも実入りのよい内職の情報の交換だろうか。できるなら後者の方が今のなみにはありがたかった。

四

「ご、ご新造さん、いねが？　おで、とん七だァ。と、鳶、酔っぱらいの鳶、見物しにきた、きた……」

朝飯を済ませた総八郎が染井に出かけると、とん七の声がした。

「まあ、とん七さん。うちの旦那様から鳶のことを訊いたのですか」

なみは油障子を開けるととん七に言った。

「んだ。ゆ、ゆんべ、千福で総さんと会った。お、おで、い、一緒に飲んだ。総さん、鳶の話をした。お、おで、と、鳶、見たくなった。い、いいか？」

「あら、どうしましょう」

主の留守に、たとえ、とん七といえども座敷に上げるのは気が引けた。

「や、やっぱ、おで、男だから、ま、まずいかな」

「そうですねえ……夜には旦那様もお戻りですから、それからではいけませんか」

「お、おで、江戸っ子だから、せ、せっかちだから、ま、待てねェ」

「……」

「ま、まてよ。向かいのお、おばさん、呼んでくる。そ、それならいいか」

「ええ、まあ」

なみは渋々応えた。とん七はよろよろとお米の住まいに行き、油障子を拳《こぶし》でがんがん叩いた。

「何するんだ、唐変木《とうへんぼく》！」

すぐに癇《かん》を立てた返答があった。

「べ、べらぼうめい。こ、こちとら、い、急ぎの用事だ。は、早く出てきやがれ」

「手前《てめ》ェは急ぎでも、わっちには関係ないわな。何んだい、朝っぱらから」

仏頂面のお米の顔が現れると、なみはそっと両手を合わせて拝む仕種をした。

「何かい、総さんの留守におなみさんを押し倒す魂胆かい。よいよいにしては洒落たことを考えるじゃないか」

「よいよいって言うな。お、おでは、も、でェじょうぶだ」

「おや、それならわっちの言ったことは図星かえ」

「べ、べらぼうめい。この婆ァ！」

「わっちはお前の婆ァではねェの。だから何んだって言うのさ」

「そ、総さんの所に、よ、酔っぱらいの鳶がいる、いる。一緒に、け、見物しようぜ」

「何んだって？　酔っぱらいの鳶だァ？」

お米は、とん七がまた訳のわからないことを言い出したのかという顔になった。

「よろしかったらお米さんもご一緒に見物して下さいましな」

なみはさり気なく誘う。

「総さんが拾って来たのかえ」

「ええ」

「妙なものを拾う人だよ。だが、鷹匠《たかじょう》をしていたんだからわかる気はするけどさ」

お米は人の素性には敏感である。さすがに吉原で遣り手《やりて》をしていた女である。そつがない。お米は酔っぱらいの鳶に気を惹かれた様子で下駄を突っ掛けるとなみの所にやって来た。

「はい、ごめんなさいよ」

そう言って座敷に上がった。だが、鳥籠の鳶を見ると途端に及び腰になった。

とん七は座敷に上がるまで手間どった。なみはそっと手を貸した。そうしなければ平衡を失って、つんのめりそうだった。

「何やってんだよ、このとんちき！」

お米はいらいらした声で言う。

「お、おで、とんちきでね。とん七だァ」

「どっちだって同じことだよ。ささ、ごらん。鳶だってさあ。頭の上でピーヒョロロと鳴いている分には気にもならないが、こうして目の前で見ると違うもんだねえ。恐ろしい眼をして気味が悪いよ」

「ち、畜生だからな。ち、畜生め。おまけに酔っぱらっているってか？　わい（悪い）奴だ。ち、畜生のくせに酔っぱらうな。べ、べらぼうめい！」

とん七の言葉は小言めく。お米となみは苦笑した。

「とん七が扱《こ》き下ろせるのは酔っぱらいの鳶ぐらいだねえ。だけど、どこで酒なんざ飲んだのかねえ」

お米は不思議そうだ。普段は狡猾《こうかつ》そうな眼をしているお米だが、時々、無邪気な表情になることがある。その時もそうだった。

「いえ、お米さん、この鳶はお酒じゃなくて酒粕を食べたそうですよ」

なみがそう言うと、お米は驚きで眼をみはった。

「お菊《きく》の亭主はさあ、まるっきりの下戸《げこ》で粕漬け喰っても酔っぱらうと言っていたけど、あれは大袈裟でもなかったんだねえ」

お菊の亭主は菓子屋に奉公している男だった。毎朝、早くに出かけている。お米は下戸の気持ちがようやくわかったという顔だった。

「この鳶はまだ子供で加減がわからなかったのでしょう」

「へえ、これで子供なのかい。大人になったらどれほどでかくなることやら……怖いねえ、気味が悪いねえ」

そう言いながらも、お米はまじまじと鳶を見る。とん七は鳥籠の隙間から指を入れて鳶をからかう。鳶は鋭い嘴《くちばし》でつっ突く構えを見せるが、何しろ本調子ではないので、動きは緩慢だった。

「ご、ご新造さん、と、鳶は何を餌にするんだ?」

とん七はふと気づいたように訊いた。

「何んでも食べるそうですよ。鼠でも……」

「お、おで、鼠獲ってくる」

「い、いいですよ、とん七さん。そんなご心配なさらなくても」

なみは慌てて言った。鼠など、見るだけで悲鳴が出る。

「お、おでの家の猫、鼠獲る。め、名人だ」

「猫が名人かえ? 馬鹿馬鹿しい」

お米は皮肉に吐き捨てた。

「本当に結構ですから」

なみは念を押したが、とん七はすっかりその気でいるようだ。

お米ととん七が帰ると、今度は隣りの大工の家の子供達が見せてくれとやって来た。噂を聞きつけた女房達も集まった。

お蔭でその日のなみは鳶見物の客の応対で何も仕事が手につかなかった。総八郎が戻った時はぐったりと疲れていねむりをしているありさまだった。

「おい、どうした」

戻って来た総八郎はなみの肩を揺すった。

「あら、お前様……」

なみは慌てて起き上がった。

「何んだ、飯の仕度もしていないのか」

「だって、本日は鳶の見物にいらしたお客様が続いたもので、すっかりくたびれてしまったのですよ」

「ほう、人気者だな。ついでだ、木戸銭も取ればよかったかな」

総八郎はつまらない冗談を言った。しかし、帰って来るなり、鳥籠の扉を開け、水をやったり、粟《あわ》などの餌を与えるなど、総八郎はかいがいしく鳶の世話を焼いた。

なみは総八郎と祝言《しゅうげん》を挙げる前、鷹狩りのことを訊《たず》ねたことがあった。

鷹狩りは飼い慣らした鷹を狩り場に放して野兎や野鳥を捕まえるもので、長い歴史があった。当初は領地の様子を知ることと隣藩の情勢を探る目的で始められたらしい。

初代将軍徳川家康が鷹狩りを好んだことから諸大名へ拡がったものと思われる。

五代将軍綱吉の時代に鷹狩りは全く廃止されてしまったが、八代将軍吉宗はこれを復活させ、狩り場の制定もして今日に至っている。

松前藩の先代藩主、松前道広は鷹狩りの名人で乗馬とともに諸大名中、随一と言われていた。総八郎の師匠は鷹部屋席の上司ではなく、藩主の道広だと言っても過言ではない。

鷹狩りをする前には、道広は庶民の茶の間に当たる御座の間《ござのま》に総八郎や他の鷹部屋席の家臣を呼び、こと細かく首尾を語った。

道広の話は実にわかり易く、的を射ていたという。たとい、重禁錮の沙汰を受け、座敷牢に収監されていようとも、たとい、道広のせいで藩が移封の憂き目を見ようとも、総八郎の気持ちの中には道広を恨むものは一片もなかったのだ。

「生き餌《いえ》はまだ辛抱せよ。腹が本調子でないからの」

総八郎はまるで人に接するように鳶に言葉を掛けた。

「もし、総さん……」

土間口から細い声がした。なみが下りて行って油障子を開けると、おもんが立っていた。

なみは妙に緊張した。おもんとは今までろくに口を利いたこともなかったからだ。

「何んだ、お前も鳶見物か？」

だが総八郎は存外に気軽な口を利いた。

「ご飯時にごめんなさい。今日は長屋中が鳶の噂で持ち切りだったから、あたしもちょっと見せて貰いたくて……ご新造さんが一人でいる時は、びっくりすると思って、総さんの帰りを待っていたんですよ」

おもんはそう言った。

「どうぞ、ご遠慮なく」

なみは如才なくおもんを促した。

「これから仕事に行くんじゃないのか」

鳶の世話を終えた総八郎はさり気なく訊く。

「ええ、これからね。あらあ、可愛い鳶だこと。まだ子供だろうか」

「そうだ、まだ若鳥だ」

総八郎も気軽に相槌を打った。その表情はおもんを拒否しているようではなかった。

「総さん、この眼、瑪瑙《めのう》か鼈甲《べっこう》みたいだねえ」

おもんは、はしゃいだ声を上げた。着物も帯もしおたれていて、顔色も悪いが、その声には若さが感じられた。三十二、三の中年増のように思っていたが、間近で見るおもんは、それよりかなり若かった。

「ご新造さん、今まで、ろくにご挨拶もしないで堪忍して下さいね。あたしは礼儀知らずな女だから……」

おもんは言い訳がましくなみに言う。総八郎は苦笑して「手前ェで言ってりゃ世話はない」と言った。

「あたし、飲み屋のお酌《しゃく》をしているんで、堅気《かたぎ》のおかみさん達には男に愛想を振り撒いて銭を取る性悪女と思われているんですよ。いいですけどね、何んと思われようと。この長屋じゃ、お米さんと総さんだけよ、あたしに親切にしてくれるのは」

「とん七さんもそうでしょう?」

なみは悪戯《いたずら》っぽい顔で言う。

「そうね。とん七もおもん、おもんって気に掛けてくれるけれど……」

「おもん、鳶を見物したからもういいだろう。さっさと見世《みせ》に行け」

総八郎はおもんの話の腰を折るように言った。

「ええ。総さん、ありがと。ご新造さん、お邪魔様」

おもんはそう言って頭を下げると帰って行った。なみは何んだか、ため息が出た。

「あの女の亭主は津軽の廻船屋の船頭だったらしい。藩の役人にそそのかされて抜け荷の手伝いをして捕まりそうになったんだ。死罪になることを恐れて国を逃げ出したが、行方知れずになっておる。おもんは風の噂に亭主が江戸にいるらしいと聞くと、矢も楯もたまらず江戸へ出て来たんだ。お前と同じだ」

「それで、ご亭主は見つかったのですか」

そう訊くと総八郎は力なく首を振った。

「全くついていない女だ。右も左もわからぬ江戸へ出て来たところで、行き着く先は知れておる。お酌と言っているが、実際はもっと怪し気なこともしておるのだ。長屋のかみさん連中がおもんを疎《うと》ましく思うのは、それよ。かみさん連中は貧乏していても堅気の暮らしをしておるからな。大家さんに一緒に暮らすのはいやだと詰め寄ったこともあったらしい。大家はまあまあと、かみさん連中を宥《なだ》めたそうだが」

「そうなんですか」

「まかり間違えば、お前もおもんの二の舞になったやも知れぬ」

「無礼な。わたくしは飢え死にしても他の男に肌など許しませぬ」

「さて、それはどうかの」

「お前様……」

「どれ、晩飯はどうする。千福に行くか？」

総八郎はなみが仕度をしていなかったのを幸いに、またもや千福に行く魂胆をしている。

「冷やご飯がありますので、お茶漬けに致します」

あっさりと言ったなみに、総八郎は大袈裟な吐息をついた。


「お気の毒に」

五

その日の夜半から風が強くなり、雨も混じってきた。なみは不安な気持ちがしていたが、昼間の疲れが出て、すぐに眠りに引き込まれた。ふと眼が覚めたのは風のせいではなく、総八郎が盛んに洟《はな》を啜《すす》っていたからだ。

総八郎は鳥籠の前に座って泣いていた。それに気づくと、なみの胸はきゅんと痛んだ。

「お前様、どうされたのですか」

そっと声を掛けると「や、起こしてしまったか、すまん」と、低い声で謝った。

「こいつを見ていたら、熊王丸《くまおうまる》のことを思い出しての」

「ああ、お鷹のことですね。今は殿のお傍におられるのでしょう?」

「いや、藩がこのような時、呑気に鷹狩りなどできぬと殿は仰せられ、紀州侯に譲られたということだ」

「まあ……」

なみは何んと言葉を続けてよいかわからなかった。

「また再び、殿が鷹狩りをなされる日が来るのだろうかと考えたら……泣けてきた」

「……」

「熊王丸は優れたお鷹だった。拳にのせて狩り場に行っても、目指す獲物が現れるまで身じろぎもしなかった。もちろん、我等鷹部屋席の者は熊王丸が一刻も早く獲物を見つけ、大殿を喜ばせることばかりを望んでいたものだ。しかし、熊王丸は道具ではない。生き物だ。大殿は熊王丸と心を一つにすることこそ鷹狩りの極意といみじくも仰せられた。思うように獲物が得られなくても大殿は決してご機嫌を損《そこ》ねることはなかった。大殿が癇を立てて八つ当たりでもされようものなら、我等の立つ瀬もなかっただろう」

総八郎は独り言のように言う。

「立石野《たていしの》で大殿様が鷹狩りをなさるのを、わたくしもお見かけしたことがございます。もうもう、それはご立派なお衣裳で」

なみは昔を思い出して懐かしい気持ちになった。立石野は松前城下の郊外にあるだだ広い野原である。道広はそこで鷹狩りをすることが多かった。鷹狩り装束は極上の品を京や江戸から取り寄せていた。

なみは春先に母親や奉公していたおなご衆《し》と山菜採りに出かけて道広が鷹狩りするところを見かけたのだ。

「熊王丸が獲物を見つけた時、わしの拳にのっていた脚にぎゅっと力がこもる。何か見つけたかと顔を見ると、じっと一点を眺めておるのだ。その先に獲物があってな、熊王丸も捕まえたい表情になっているので、よし、それでは行って来い、ということになる。

たとい、そこに極上の獲物があっても熊王丸がその気を見せなければ狩りはできぬものなのだ」

「それも大殿様のお教えですか」

「うむ。大殿は鷹狩りに秘伝も能書きもないと仰せられた。それはそうだ。能書きうんぬんは、お鷹には通用しない。第一、お鷹はもともと人の命令に従うような性質を備えておらぬ。肝腎なのはお鷹の本性を尊重することなのだ。野性と言うてもよいかのう。わしは大殿にそのことを懇々と教えられた。鷹匠の世界は何んと清々《すがすが》しいものだろうと心底感心したものだ」

こんなに総八郎が務めのことを語ったことがあっただろうかと、なみは思った。総八郎は鷹部屋席の役人であったから殊勝にその任務に就いていたのではなかった。そこから何かしらを学ぶべきこともあったのだ。その発見はなみを喜ばせた。総八郎の別の面を見た気もする。

「でも、ご政道《せいどう》となると、そうは参りませんね」

総八郎が心底尊敬してやまない大殿だからこそ、その後のありようがなみは悔しかった。

「言うな」

なみの言葉を総八郎は制した。

「大殿を恨むな」

なみの気持ちを察して総八郎は続ける。

「恨んではおりません。ただ……」

「何んだ?」

「いつまでこの暮らしが続くのかと考えると、途方に暮れる思いがすることがあります」

「……」

「果たして帰封《きほう》など叶うものかと……」

「さ、寝るか。明日までに晴れるかのう。雨ならば仕事は休みになる。休みになれば身体は楽だが、その代わりお足が入ってこない」

総八郎はなみの言葉には応えず、そそくさと蒲団にもぐり込んだ。

風も雨も一向に止む様子はなかった。屋根瓦が飛んで、何かにぶつかるような音も聞こえる。鳥籠の中の鳶も不安そうに時々羽をばたつかせた。

蒲団に身体を横たえると、なみの脳裏には松前の景色が甦《よみがえ》った。それも春の景色が。

雪が解けた松前は一斉に草花と山菜が顔を出す。薄紫のかたくりの花、わらび、ふき、こごみ、笹竹、行者ニンニク……。

春の風に吹かれながら、なみは母親やおなご衆達と夢中でそれ等を摘《つ》み取った。ふと、視線を遠くに向ければ、蝦夷《えぞ》のメノコ(娘)達もなみと同じように山菜採りをしているのが見えた。だが、藩の役人達は邪険にメノコ達を追い払う。なみ達はお構いなしだった。ちらりとなみにくれたメノコの悲し気な視線も思い出す。

藩が移封となった理由の一つには蝦夷を撫育《ぶいく》しなかったということもあったはずだ。松前が幕府の領地となった今、せめてメノコ達が存分に山菜を確保できることを、なみは祈るばかりだった。

六

翌朝の神田三河町界隈は昨夜の暴風雨の影響で屋根瓦が飛ぶやら、柱が傾《かし》ぐやら、大変なありさまだった。

幸い、徳兵衛店は風の影響は受けず、溝《どぶ》があふれた程度でさして被害はなかったが、とん七の家は物置の戸が壊《こわ》れ、義兄の安吉《やすきち》は玄能《げんのう》を持ち出し、慣れない手つきでトントンと修繕をしていた。紅屋の土間口には幾らか水も入ったようで、お藤《ふじ》は水を掻き出していた。お藤はとん七の姉で安吉の連れ合いだった。

「まあまあ、大変でございましたねえ」

なみはお藤に声を掛けた。

「そうなんですよ。昨夜の雨と風でこんなことになっちまいましたよ」

お藤はげんなりした顔で応えた。

「何かお手伝いすることはございませんか」

「そんな。ご新造様もお忙しいことですのに」

「わたくしどもの方は溝があふれてしまいまして、男の人達が溝さらいをしております。お洗濯もできないし、傍にいても邪魔になるばかりなので、紅屋さんでお手伝いできることがあればと思いまして」

お藤は恐縮したが、売り物の一部が水を被《かぶ》り、その片づけもあったので、とうとう「それではお言葉に甘えてお願い致します」と言った。

店の前にみかん箱を並べ、その上に筵《むしろ》を拡げて濡れた品物を陽に干した。売り物にはならないので、屑屋に払い下げるらしい。

とん七がよろよろと茶の間から出て来ると「ご、ご新造さん、す、すまねェ」と、礼を言った。

「いいえ、お礼には及びませんよ。とん七さんにはいつもお世話になっておりますもの、こんな時ぐらい、お手伝いさせて下さいましな」

「あ、あいがてェな。ご新造さん、あいがてェ。な、な、姉ちゃん」

とん七はお藤に相槌を求める。

「そうだねえ。藤七が皆さんに親切にするから、ご新造さんも快くお手伝いして下さるんだ。お前、いいことをしているねえ」

お藤は大袈裟なほど、とん七を持ち上げる。

とん七は照れて「なもだ、なもだ」と盛んに手を振った。

「こら、藤七。お前の着物の裾が地べたを引き摺っているぞ。見ろ、泥まみれだ。だいたい、こんな時は尻端折《しりつぱしよ》りするもんだ」

物置の修繕を終えた安吉が店の前に来て、とん七に小言を言った。それは、聞いていたなみでも驚くほど冷淡な響きがあった。

「お、おや、おやおや。汚《きた》ね、汚ね。し、したた（仕方）ね、汚ね」

「何を言ってる。お前の言うことは根っからわからない」

「お前さん」

お藤はさり気なく安吉を制した。安吉は、そこでようやくなみに気づいたようだ。

「やあ、これはご新造さん。手前どものためにお手伝い下さるとは、ありがとう存じます」

安吉は途端に愛想のいい顔になってなみに礼を言った。

「いえいえ。お礼を言われるほどのことでもありませんよ」

「どれ、だいぶ刻《とき》を喰ってしまったが、お得意様の所へ見舞いに顔を出すか。この様子では、江戸はどこでもひどいことになっているようだ」

安吉はなみの話を終わりまで聞かず、お藤に言った。気を殺《そ》がれたなみは、また手を動かした。桜紙は泥水を吸って、鼠紙となっていた。一刻《いっとき》ほど片づけを手伝うと、茶の間から母親のお富《とみ》が顔を出し、茶を淹《い》れたから一服してくれと言った。

お富は六十五、六にもなっているはずだが、頭の白髪はともかく、顔の皺もさほどなく、声に張りがあってまだまだ元気だった。息子が案じられるので、うかうか老け込んでもいられないのだろう。媚茶《こびちゃ》の単衣を裾短《すそみじか》に着付け、藍木綿の前垂れを締めている。店はすべてお藤と安吉に任せ、自分は台所仕事を引き受けているという。

初めて入る紅屋の茶の間は、六畳ほどで、部屋の隅には商売物が入っている葛籠《つづら》が置かれていた。葛籠には丸に紅の屋号が入っていた。茶の間の隣りの仏間には立派な仏壇が設《しつら》えてあり、活《い》きのよい花も供えられていた。

茶の間は掃除がゆき届き、気持ちがよかった。

「いつも藤七がお邪魔して申し訳ありませんねえ」

お富はそう言いながら湯呑と菓子皿をなみの前に差し出した。菓子皿には白い饅頭がのせられていた。

「ご新造さん、このお饅頭は塩瀬《しおぜ》というお菓子屋のものなんですよ。まあ、お一つ、召し上がって下さいましな」

お富は穏やかな笑顔で言う。そう言えば、近頃、菓子など口に入れていないとなみは気づいた。

「お手伝いに来てお茶やお菓子を振る舞われては却《かえ》って恐縮してしまいます」

「何をおっしゃいます。ささ、どうぞ」

勧められて菓子を黒文字《くろもじ》（つまようじ）で口に運ぶと、上品な甘さが口の中に拡がった。

「ああ、おいしい。わたくし、こんなおいしいお菓子は生まれて初めて……」

思わず、そんな言葉が出た。お藤とお富は顔を見合わせて苦笑した。

「あら、いやだ。つい、お里の知れるようなことを言ってしまって」

「そんな。何んのお里ですか。ご新造さんは総さんのれきとした奥様ですよ。お菓子を気に入っていただいて、よかったですよ。藤七は毎日、総さんとご新造さんの話をするんですよ。そりゃあ、嬉しそうに。ねえ、おっ母さん？」

「ええ、そうですとも。あんな子ですけど、どうかこれからもよろしくお願いしますよ」

お富とお藤が頭を下げたものだから、なみも慌てて頭を下げた。

「お藤もねえ、可哀想なんですよ。あたしはともかく、藤七の面倒を見なきゃならないんで、安さんに対して肩身の狭い思いをしているんですよ」

「よしてよ、おっ母さん」

お藤はさり気なくお富を制した。体格の違いがあるだけで、母娘の顔はよく似ていた。

「わたくしも江戸へ出て来るまで兄の家に厄介になっておりました。うちの旦那様の両親から家に戻れと言われたものですから」

なみは身の上話をぽつぽつと語った。実家の両親は亡くなっていたので、兄の世話になるしかなかったこと、嫂《あによめ》に邪険にされたことなど。今思い出しても悔しさがこみ上げる。

「さぞ、辛かったことでしょうねえ」

お藤はなみの気持ちを察して言う。

「わたくしも堪忍袋の緒を切らして江戸へ出て来たのですが、まかり間違えば旦那様とも会えず、おもんさんのようになったかも知れません」

「まさか！」

お富はその時だけ不愉快そうに吐き捨てた。

「あの女と一緒にしてはいけませんよ」

「でも、おかみさん。おもんさんは飲み屋のお酌をしているそうですが、それほど悪い人ではありませんよ。運が悪いだけですよ」

なみはおもんを庇《かば》うように言った。

「総さんは人の悪口を言わない人だからねえ。あたし等だって飲み屋のお酌をしているからって、それだけで白い眼で見たりはしませんよ。長屋のおかみさん達がおもんさんを疎ましく思うのは、それ相当の理由があるからですよ」

お藤はそっと口を挟んだ。

「おもんさん、ご亭主を捜して江戸へ出て来たと言っていたのでしょう?」

お藤はなみを上目遣いで見て続ける。

「うちの旦那様がそのように言ってました」

「本当は違うのですよ。出て来たのはおもんさんの方なの」

「え?」

なみは訳がわからなくなった。

「あの女は津軽で廻船屋の船頭をしていた亭主がいたのは本当ですが、その亭主との間に三人も子供がいたんですよ。ねえ、ご新造さん、聞いて下さいな。あの女は子供を捨てて男を追い掛けて江戸へ出て来たんですよ」

お富はやけに力んだ声でそう言った。

「まあ……」

菓子の味が途端になくなったような気がした。

「それればかりじゃないんですよ。おもんさんは新しい亭主と本石町《ほんこくちょう》の裏店で所帯を持って、そこでも一人子供ができたけれど、またしばらくすると、ぷいっと家を出てしまったんですよ。どういう訳か、その度に借金を拵えて、それを残して出るものだから、亭主はおろおろして本当に気の毒だった。幸い、親戚の叔父さんがその借金をきれいにしたということでしたけど」

「本当なのですか」

「ええ。その亭主が、叔父さん夫婦と徳兵衛店まで乗り込んで来て、大変な騒ぎになったんですもの」

お藤はお富の話を受けて続ける。

「でも、うちの旦那様はそんなふうには言っていませんでしたけど……」

「おもんさんは男の人から同情されるように拵え話をするから、人のよい総さんなんかは、すっかり騙《だま》されてしまうんですよ」

「……」

「長屋のおかみさん達や、あたし等があの女を嫌うのは、男を取り換えたことじゃなく、自分の腹を痛めた子供を、あっさり捨てたからなんですよ」

お富は、さもいまいましそうに言う。まだ子供のいないなみではあったが、可愛い子供を残して男を追い掛ける女の気持ちは理解できなかった。だが、無邪気に鳶を見つめていたおもんがそんな女とはどうしても思えなかった。

「もしも、あの女に、うちの藤七のような息子がいたら、まっさきに山ん中にでも捨てられているだろうよ」

お富はおもんの子供達が不憫《ふびん》で、そんなことを言う。

「またおっ母さんたら……おもんさんに中風の子供なんているはずもないのに」

お藤は苦笑した。

「それに比べりゃ、うちの藤七は倖せなもんじゃないか。これで安さんがもう少し藤七に優しくしてくれたら、あたしも助かるんだけどねえ」

お富はため息混じりに続ける。

「そうですねえ」

なみも低く相槌を打った。

「とん七さん、お義兄さんの前では緊張してしまうのか、物言いもいつもよりぎこちなくて、それがお気の毒に思えます」

なみは先刻の安吉ととん七のやり取りを思い出して言った。

「そうなんですよ。なおさらとんちんかんなことを言って、うちの人に怒鳴られるんです」

お藤は眉間に皺を寄せて応えた。

「でも、とん七さんは無邪気で、わたくしは大好きですよ。あら、年上のとん七さんにこんなことを言うのは失礼ですよね。ごめんなさい」

「いいんですよ。近所の人に可愛がられるのは、あたしもお藤も嬉しいし」

お富はとん七を持ち上げたなみの言葉に、心底喜んでいた。

「とん七さんを一番可愛がるのはお米さんですよ。二人が軽口を叩き合うところはまるで本当の親子のよう」

「あれもねえ……」

お富はつかの間、言葉を濁した。

「ご新造さん、お米さんは藤七と同い年の息子さんがいたんですよ」

お藤はすぐにお米の事情を話した。

「乾物問屋さんに嫁入りしている娘さんの上になるんですけど、子供の頃、犬に噛まれて亡くなっているんですよ」

「まあ……」

お米にそんなことがあったのかとなみは驚いた。それも普段のお米から想像できないことだった。

「死んだ子の年を数えるなって言うけど、母親なら、つい数えてしまうものですよ」

お富は遠くを見るような眼になって言った。

誰しも、悲しい事情の一つや二つは胸に抱えているものだとなみは思った。すると、不思議なことに夫が浪人となり、陋巷《ろうこう》に身をやつしている自分達の問題など取るに足らないことに思えてくる。

なみは茶を飲み終えると腰を上げた。

「お藤さん、さっさと片づけてしまいましょう。ぐずぐずしていたら日が暮れてしまいます」

「あらあら、本当にそうですねえ」

お藤も途端に慌て出した。

「藤七はどこへ行ったんだろう」

お富は姿の見えなくなったとん七を心配する顔になった。

「長屋の方にでもいるのではないですか？　わたくし、ちょっと覗いてきましょうか」

なみがそう言うと、お富とお藤はすまなそうに頭を下げた。

徳兵衛店では男達がまだ溝さらいに余念がなかった。羽目板の横には、うずたかく泥が積み上げられていた。驚いたことに、総八郎もその中にいた。

「お前様、お仕事の方はよろしいのですか」

なみは袴《はかま》の股立《ももだ》ちを取り、襷《たすき》掛《が》けしている総八郎に声を掛けた。

「ああ。今日は仕事にならんので早仕舞いとなった」

「とん七さんを見ませんでしたか？　お母さんとお姉さんが大層心配しております」

そう訊くと、総八郎はお米の住まいの方に顎《あご》をしゃくった。とん七はしゃがんで縁の下を覗いていた。

「クロ、クロ」と呼んでいるのはとん七の家の飼い猫でも捜していたのだろう。

やがて「い、いた、いた。こ、こりゃ、クロ、や、やったな」と、張り切った声がした。

「そ、総さん、ク、クロ、鼠獲った。と、鳶の餌、獲った」

とん七は総八郎の傍に手柄顔でやって来た。

黒猫は口に大きな溝鼠をくわえていた。溝鼠はまだ息があり、口をぱくぱくさせてもがいている。

それを見るなり、なみは鳥肌が立ち、思わず色気のない悲鳴を上げた。周りにいた男達はなみの声に腹を抱えて笑った。

七

茜色《あかねいろ》の夕陽が眩《まぶ》しい。

紅屋の手伝いを終えて徳兵衛店の門口《かどぐち》をくぐり、なみは眩しさに眼をしばたたいた。

男達は溝さらいを終え、外に出した床几《しょうぎ》に座って一服していた。

なみは男達に「ご苦労様です」と、ねぎらいの言葉を掛けた。どの顔も疲れてはいたが、ほっと安堵の表情をしている。

ギャッ、ギャッと耳障りな音が聞こえたので振り向くと、総八郎が鳥籠を表に持ち出したところだった。

「お前様、どうなさるのですか」

余興に皆んなに見せるつもりなのかとも思った。

「鼠を喰う元気が戻ってきたのでの、外に放してやるかと思ったのよ」

だが、総八郎はそう言った。もったいない、もっと飼っておけばいいのに、という声も男達の間から聞こえた。

「いや、あまり家に置いていては情《じょう》が移って別れ難くなりますので」

総八郎は誰にともなく言った。しんと住人達の声が静まった。

総八郎は鳥籠の扉を開けた。鳶はしばらく外へ出ようとしなかった。総八郎がやや乱暴な仕種で鳶の腹の辺りを摑み、強引に外へ出した。そして手を放すと、鳶は羽をばたつかせて飛び上がった。おお、という歓声が住人達の間から起きた。

そのまま空へ飛んで行くのかと思ったが、鳶はお米の住まいの屋根に止まって、じっとこちらを見ている。

「名残り惜しいんだねえ」

おさちがなみの傍に来て言う。

「そうですねえ。短い間でしたけど、去って行くとなると、鳥でも悲しい気持ちになるのでしょう。わたくしも何んだか名残り惜しい気持ちですよ」

なみもそう応える。

「ご新造さん、さっきはとんでもねェ声を上げたくせに、名残り惜しいも何もあるもんじゃねェ」

菓子職人のお菊の亭主の岩蔵《いわぞう》が軽口を利いた。

「それとこれとは別でございます」

なみは、むっとなって岩蔵に口を返した。

菓子屋も本日は早仕舞いとなったようだ。

江戸のあちこちでは昨夜の暴風雨で被害や怪我人が出ているらしい。

春先には地震も起きているので、何やら今年は変な年になりそうだと、徳兵衛店の住人達は噂していた。

「あれ、あ、あれあれ、あれ」

とん七が素頓狂《すっとんきょう》な声を上げながらやって来た。

鳶も屋根の上からとん七を不思議そうに眺めている。

「も、放すのか？　お、おで、またクロに鼠、と、獲らせるつもりだったに」

「いいんだ、とん七。鳶はもう元気になったから、これからは自分の力で餌を獲るはずだ」

総八郎は諭《さと》すようにとん七に言う。

「んだか、んだか。お、おい、今度ァ、酒粕、く、喰うな。ね、鼠獲れ」

「お前ェの言うことがわかるもんか」

岩蔵は呆れたように言う。

「そ、そでね、そでね。い、岩さん、ち、畜生でも、話はわ、わかる。そでね」

「そうかなあ」

岩蔵はそう言われて屋根の鳶を見る。鳶は住人達の言葉を聞いているように小首を傾げた。

「可愛い」

おさちが笑った。

子供達が徒党を組んで裏店の門口から走り込んで来ると、それを潮に鳶は空へ舞い上がった。また住人達は歓声を上げた。鳶は空の高い所で旋回し、得意の鳴き声を立てた。

だが、それきり、鳶の姿は見えなくなった。

なみは気が抜けた。今まで輝いていたものが急にその輝きを失ったような空しさも感じる。溝さらいした後の饐えた臭いが、ことさら鼻に衝《つ》いた。

「腹減った。おっ母ァ、まま喰いてェ」

大工の竹蔵《たけぞう》の子供達が焦《じ》れた声を上げると、住人達もそれぞれの住まいに引き上げていった。

「そ、総さん、せ、千福に行かねか、行かねか」

とん七が誘う。

「そうだなあ」

言いながらなみの顔色を窺《うかが》う。

「よろしいですよ。鳶の旅立ちのお祝いをなされば」

なみは珍しく鷹揚《おうよう》に言った。

「お前もどうだ？　今夜ぐらい、飯の仕度はしなくてもいいだろう」

「さあ、どうしましょう」

なみが思案顔になると、とん七はよろよろとお米の住まいに近づき、油障子を叩いた。

「お、おばさん、せ、千福に行かねか、行かねか。そ、総さんの、ご、ご新造さんも行く。行かねか、行かねか」

意外にも、間髪を容《い》れず油障子が開いた。

どうやらお米は土間口で煮干しを選《え》り分けていたらしい。お米の娘は乾物問屋に嫁に行っているので、乾物には不自由しないのだ。

と言っても、極上の物は客にゆき、お米に回って来るのは形の崩れた煮干しや、虫喰いの豆などである。口に入りゃ同じさ、とお米は頓着しない。

お米はとん七に応える前に「煮干しいるかえ？　折れだけど」となみに訊いた。

「ええ、喜んでいただきます」

なみは張り切って応えた。渋紙にのせた煮干しは、およそひと月分ほどの量だった。

「それで、何かい？　総さんのご新造さんも千福に行くのかえ」

「お米さんがいらっしゃるなら、お伴《とも》致しますよ」

「嬉しいねえ。飲も、飲も」

「お、おでも、飲も、飲も」

とん七が横から口を挟んだ。

「お前はすぐ引っ繰り返るから、一杯だけだよ」

お米は釘を刺した。

「ど、丼に一杯」

　とん七は冗談を言った。

「また、このよいよいは洒落た口を利くよう」

「よいよいって言うな。お、おでは、も、でェじょうぶだ」

「少しはしゃんとしないかねえ、その恰好。見ていていらいらするよ」

お米に言われてとん七は帯を直すが、そうしたところで、しゃんとはならない。

煮干しを片づけたお米は「さ、行くよ」と、威勢のよい声で言った。その後をなみと総八郎が続く。とん七も必死で歩調を合わせようとする。

一番星が、まだ仄明《ほのあか》るい空に見えた。鳥が塒《ねぐら》へ帰る声もかまびすしい。酔いどれ鳶はどこまで行ったろうかとなみは思った。

ふと、後ろから下駄の音がついて来ると思い、なみは振り返った。

おもんが、慌てて路地に身を隠したのがわかった。

「今、おもんさんが」

なみはお米に言う。お米は黙って路地の辺りを見つめた。お米はおもんに声を掛けるのかと思ったが、「放っておおき。ささ、行こう」と、にべもなく応えただけだった。

なみはそう言われて歩みを進めたが、背中にはおもんの視線をいつまでも感じていた。

室の梅

一

茅場町《かやばちょう》の山王権現《さんのうごんげん》薬師堂、正式には、智泉院薬師堂の縁日は毎月の八日と十二日である。

その日、門前には参詣客を当て込んだ植木市が立つ。大層な人出で、それを見ると今更ながら江戸の人々の植木好きを思い知らされる。

おろく医者の美馬正哲《みまましょうてつ》は、今まで何度か妻のお杏《きょう》に、その植木市に一緒に行こうと誘われたことがあった。しかし、混雑の嫌いな正哲はいつも返事をはぐらかしていた。

年が明けて最初の縁日となると、普段よりなおいっそうの人出が予想される。正哲が重い腰を上げたのは、塞《ふさ》ぎがちなお杏の気晴らしになればよいと思ったからだ。

年の暮から、お杏は身体の調子が悪そうだった。

産婆をしているお杏は暮も押し迫ってから、立て続けに赤ん坊を取り上げた。

弔《とむら》いとお産は、年の暮だろうが正月だろうが、お構いなしにやって来る。お杏は除夜の鐘が鳴ってからも、産気づいた町家の女房のために夜道を走らされる羽目《はめ》になった。

朝になって戻って来たお杏に、正哲は横になるようにと言ったが、元日の朝は近所に住む正哲の両親と屠蘇《とそ》で祝うのが恒例となっていた。待っている両親のことを考えて、お杏はそのまま出かけた。さすがに晴れ着に着替える余裕までなく、普段着のままだったが。正哲も着物の上に綿入れ半纏《ばんてん》を羽織った気軽な恰好《かっこう》だった。

正哲の父親の洞哲《どうてつ》と母親のおきんは、身仕度を調えて二人を迎えた。お杏は恐縮してお産で戻ったばかりですので、こんな恰好で失礼しますと頭を下げた。神棚に一年の無事を祈願すると、老夫婦と若夫婦は正月の膳を囲んだ。午後からは正哲の兄達もやって来るという。

正哲は両親から正月の祝儀に真新しい紋付を与えられた。お杏には春着の反物である。鴇色《ときいろ》の地に白梅が散っている上品なものだった。

おきんは「兄さん達には内緒だからね」と、もったいをつけた。なに、兄夫婦には別に祝儀を用意していて、そちらには「正哲には内緒だからね」と言うのである。

お杏はおきんの手作りのおせち料理や雑煮にさほど食欲を示さず、「もっとお上がりよ」と勧められて困った顔をしていた。

お杏はおきんをがっかりさせまいと、無理におせちや雑煮を口に運んでいたが、その内、具合が悪くなった様子で座を外した。

「お杏ちゃん、おめでたじゃないのかね」

町医者をしている洞哲は、お杏の様子にふと気づいたように言った。

「あん？」

正哲は間の抜けた声を上げ、洞哲の顔を見た。

おきんも得心したように大きく肯《うなず》く。

「そうそう、そうかも知れないよ。いつものお杏ちゃんならお雑煮のお餅、三つは食べるのに、今日はさっぱりだからね。正哲、あんた、余ったのは片づけておくれね」

「おれだって三つ喰ったぜ」

「なにさ、その体格だ。まだ入るよ」

ものを食べさせる時、おきんはかなり強引になる。正哲は洞哲の顔に苦笑いしてみせた。

戻って来たお杏に、正哲は「お前ェ、身ごもったんじゃねェか」と、すぐさま訊《き》いた。お杏は洞哲とおきんの顔をすばやく見て、「よくわからないわ、そんなこと」と少し怒ったように応えた。そういう話は二人きりになった時に切り出してほしいという表情である。

「よくわからねェって、手前ェの身体のことだろうが……」

「お杏ちゃんは忙しいから自分のことを考えている暇がなかったんだ。そうだね、お杏ちゃん」

洞哲は柔らかくお杏の肩を持ってくれる。

「は、はい……」

「おれ、診《み》てやろうか？」

正哲は性懲《しょうこ》りもなく、そんなことを言い出した。

「嫌やよ」

お杏はにべもなく応えた。

「そいじゃ、親父に診てもらえ」

「…………」

「ちょいと正哲、お前に診てもらうのが嫌やだと言ってるのに、何んでお父っさんが代わりになるのだえ？　診てくれる人ならお杏ちゃんには何人もいるはずだ。わたいだって、お父っさんの父親に診てもらったことはありませんよ。急病ならともかく……」

おきんはさすがに眉をひそめた。そういう感覚は正哲にはさっぱり理解できない。

「まあまあ、お杏ちゃんはお産婆さんをしているし、言わばその道の玄人《くろうと》だ。何かあった時は、わたしに相談しなさい」

洞哲はその場を取り繕《つくろ》うようにお杏に言った。

「はい。ありがとうございます」

お杏は殊勝に頭を下げた。

帰り道でお杏は、正哲の気配りのなさを口汚く罵《ののし》っていた。

二

茅場町の植木市には、岡っ引きの風松《かぜまつ》も同行した。

「ふう、お杏な、これかも知れねェぜ」

正哲は自分の腹の前で弧を描いて見せた。

「あんた！」

お杏が癇《かん》を立てた声を上げた。

「いいじゃねェか。ふうは子造りの先輩だ。色々、指南してもらうこともあるはずだ」

「おめでとうございます、お杏ちゃん。大事になすって下せェ」

風松は珍しく真面目くさってそう言った。

「ありがと……」

お杏は消え入りそうな声で応え、頰を染めた。

お杏は植木市で春を感じさせる鉢物の一つも買いたい様子である。桜草などの小さな鉢を盛んに物色していた。

「やあ、凄い人だ。江戸にこんなに人がいたんですかねえ」

風松は人出の多さに改めて驚いた声を上げた。門前の通りをはさんで、両端にはびっしりと大小様々な植木が並べられ、かまびすしい呼び声が絶え間なく聞こえている。

子供連れの若い夫婦、孫らしい子供の手を引いた武家の老人、赤ん坊を背中に括《くく》りつけた町家の女房、晴れ着の娘達、寺の僧侶と、ありとあらゆる身分の者が並べられている植木を熱心に見ている。様々な植木の中には得体の知れない植物もあった。肉厚で刺《とげ》のある草とも、実ともつかないものは、水遣りがほとんどいらないということで、植木売りはさかんに通り過ぎる客に声を掛けていた。

「何んだ、ありゃあ」

正哲はどう見ても風情のない植木に呆れた声を上げた。そんな訳のわからないものを買う客がいるとも思えなかった。

「あれは遠い異国から来た代物《しろもの》で、何んて言ったかなあ。し、しゃぼてん、さ、さぼせ、んだったかなあ。あの刺は触《さわ》ると針のように痛ェんですよ。お弓《ゆみ》の母親があれを買って、おもしろいからって寝床の傍《そば》に置いたんですよ。夜中に父親が小便に起きて、あれに躓《つまず》いて痛ェ痛ェと大騒ぎしたそうです」

風松の話に正哲は噴き出していた。

見れば見るほど、その植木はけったいな代物に思えた。ふと正哲は、それと同じような気持ちになったことを思い出していた。

あれは初めて長崎の土を踏み、間近に異人を眺《なが》めた時のことだ。正哲は十代から二十代に掛けて、長崎に遊学して医術の修業をした男だった。

異人は長崎の出島で暮すオランダ人であった。同じ人でありながら髪の色が違う、眼の色が違う、肌の色も話す言葉も。

まじまじと眺める正哲を朋輩《ほうばい》は、そんなに不思議そうに見るものではないと窘《たしな》めた。刃物で斬れば、真っ赤な血が流れるのはお前と同じなのだからと。

正哲には未だ見ていない景色がある。遠い異国の土地のことだ。そこには目の前の植木のようなものが当たり前のように生息していて、人々もさして不思議と思わずに暮らしているのだ。医術にもそれは言える。この国で治せないと考えられる病も、あるいは、異国ではとうに治療の方法が見つけられているのかも知れない。鎖国という国の政策が是か非か正哲にはわからない。しかし、自分は井の中の蛙《かわず》に過ぎないのだと時々思う。井の中の蛙でもいつか大海を知ることができるのだろうか。

年が明ける前、京橋の水谷町にある大槻玄沢《おおつきげんたく》の芝蘭堂《しらんどう》で、オランダ正月の宴が催された。江戸の蘭学者達が一堂に集まるのだ。大槻玄沢に私淑している正哲は、その末席につくことができた。オランダ正月は太陽暦による元旦であって、それを祝う習慣は寛政六年（一七九四）の閏《うるう》十一月十一日から始められた。
正哲は玄沢の師匠である杉田《すぎた》玄白《げんぱく》の尊顔を拝することができるかと大いに期待しても
いた。
残念ながら、その日、玄白は風邪のために出席できなかった。しかし、玄沢は師匠が
『解体新書』を発刊するまでの経緯《いきさつ》を文章に書き綴《つづ》っているという。
『解体新書』はオランダの医学書『ターヘル・アナトミア』の翻訳である。オランダ語
を一語も解《かい》せなかった当時の杉田玄白の苦労は、いかほどのものであったか。正哲は想
像するだけで途方に暮れる思いがする。正哲は玄白の回想録である『和蘭事始《わらんことはじめ》』（『蘭学
事始』ともいう）の完成を心待ちにしていた。玄白がいなかったなら、蘭方の医術を修
める医者は今よりずっと少なかったことだろう。
「あんた……」
物思いに耽《ふけ》っているような正哲の袖を、お杏がつっと引いた。
「あたし、あれがほしいのだけど」
お杏は紺色の瀬戸の鉢に植えられている小さな梅の木を指差した。盆栽のようだ。
白い花びらが幾つかほころび、なかなか風情がある。
「いいじゃねェか」
「でしょう？」

その気になった二人に風松は間髪を容《い》れず、

「駄目ですよ、お杏ちゃん。あれは室《むろ》で咲かせた梅ですからね、寒さですぐに枯れてしまいやすよ」と言った。

「そうなの？」

植木のことになると、お杏はからっきし駄目である。それは正哲も同じだった。

「ふうちゃんがそう言うのなら諦《あきら》めよう」

お杏は未練ありげだったが、その場から離れようとした。その時、植木棚の陰から若い男がすばやく出て来て「ご新造さん、素通りなさるんですか？　せっかくお気に召していただいたというのに……」と、鼻に掛かったような声で言った。

「あら、あんた……」

お杏は男の顔に見覚えがあるらしく驚いた顔をした。

「仙台屋さんの手代さんじゃなかった？」

お杏の声に風松も気づいて「美代治《みよじ》じゃねェか。何んだ、こんなところで。店はどうしたのよ」と訊いた。

「これは松屋町の親分。お務めご苦労様です」

仙台屋は八丁堀《はっちょうぼり》から海賊橋を渡ったところにある本材木町の米屋である。一合から量り売りをする小さな米屋だった。美代治と呼ばれた男はそこの手代をしていた。

「植木売りをしているダチが急にはらいたを起こしましてね、今日の縁日を逃したら晦日《みそか》の支払いができないと泣きついて来たもので、仕方なく手伝っているんですよ」

「お前ェ、植木のことは知っているのか？」

「そりゃ、少しは……産婆のお杏さんと、えと……」

美代治は正哲の名前を思い出そうとして小鬢《こびん》を掻いた。

「おろく医者の美馬先生だ」

風松がそう言うと「そうそう、そうでした。もっぱら死人《しびと》ばかりを診るお医者さんでしたよね？　あれ、お杏さんと先生はご夫婦でしたか？」と、初めて気づいたように訊いた。

「そうだ、悪いか？」

風松が脅すように言ったので正哲は苦笑した。

「別に悪いことはありませんよ。お杏さん、どうです？　梅は可愛いですよ」

美代治は風松の言葉をやんわりとかわしてお杏に梅の木を勧めた。

「でも、室で咲かせた早咲きの梅なら、すぐに寒さで駄目になるんでしょう？」

「そんなことはありませんよ。暖かい所に置いていただければ花が楽しめますよ。ほら、ここにもここにも、蕾《つぼみ》がありますでしょう？　次々に咲いてくれますよ」

美代治は熱心に喋った。人懐っこい眼をしている。物言いも穏やかである。笑った時には口許にきれいに並んだ白い歯が覗いた。他の植木売りのように賢しい表情はしていない。

お杏がその梅を求めたのは美代治の男振りにほだされたからではないか、と正哲は後でふと思った。

「いくら小さい米屋でも、店を途中で抜け出して、他人の商いの手伝いをするというのはどういうことだ？」

美代治の傍から離れると、正哲は風松に訊いた。

「仙台屋はあいつの叔父に当たるんですよ。だから少々の我儘は利きますよ」

「そうなのか。植木売りの手伝いにしちゃ、やけに様《さま》になっていたな。ああいう男は何をやってもそつなくこなしてしまうんだろう。頭がいいんだな」

正哲は美代治の如才なさに半ば感心してもいた。仙台屋は、もと深川の仙台堀の傍に店を出していたので、屋号を仙台屋と定めたらしい。十年ほど前から日本橋に引っ越して来たという。

「あいつは江戸者じゃねェんですよ。実家は大坂で結構、でかい米屋をやっています」

そう言えば、美代治の言葉つきに上方ふうの訛りが微《かす》かに感じられた。鷹揚《おうよう》な感じを受けたのも育ちのよさによるものかと正哲は納得した。

「どうして江戸まで下って来たのよ。向こうにいても喰うには困らないだろうに」

「奴は向こうでドジを踏んだんですよ」

風松は訳知り顔で応えた。

「何んでも米の横流しをやって、それを貧乏人に配ったそうです。それでお上《かみ》からお叱りを被り、所払いになったと聞きやした」

「それで江戸にやって来たという訳か、なるほどな」

「お縄になった時も同情する者がわんさといて、奉行所には美代治を許してやってくれという者が後を絶たなかった。向こうじゃ、ちょっとした人気者だったそうです」

「義賊きどりか……」

「なあに、義賊って」

お杏が梅の鉢を抱え直して口を挟《はさ》んだ。正哲はお杏の身体のことを思い出して「おれが持つ」と言った。風松はふっと笑った。

「義賊っていうのは、金持ちから金を盗《と》って、困っている者に分け与える奴のことよ」

正哲はお杏にそう教えた。

「仙台屋さんでも美代治さんのことは、とても評判がいいのよ。年寄りにも親切だし。美代治さんに品物を届けてほしいという客が多いって話よ。だから、縁日の手伝いにも仙台屋のご主人は快く出したんでしょうよ」

お杏も美代治の肩を持つような言い方をした。

美代治は風松と同い年だった。落ち着いた様子が風松より三つ、四つ年上に見せている。正哲は美代治の事情を聞かされても、どこか腑に落ちない気持ちがしていた。米の横流しという大胆な手口は、その風貌にそぐわないと思った。が、それきり正哲は美代治のことを忘れていた。

茅場町の縁日は日の暮れるまで大した盛況であった。

三

美代治から買った梅の鉢は縁側に置いて、しばらく目を楽しませてくれたが、風松の言った通り、十日も過ぎたら花が落ち、咲いてくれるはずの蕾も、さっぱりその気配を見せなかった。

「やあ、すっかり騙《だま》されちまったなあ」

未練がましく水遣りをするお杏に正哲は笑った。

「次々に咲くって言ったのに……」

「文句を言って来い」

「言ったけど、でもあの美代治、お杏さんがいじり過ぎたからじゃないですか、だって。

悔しいったらありゃしない」

腹立ち紛れにお杏は美代治の名を呼び捨てにしている。

「敵はお前ェより役者が一枚、うわ手だ」

「もう、こんなもの、いつまでも置いててもしようがないから、表に出してしまうわ」

お杏はぷりぷりして梅の鉢を持ち上げた。

表の戸口の傍《おもと》に正哲が拵《こしら》えた植木棚がある。

そこには万年青などを置いてあったが、もっぱら枯れてしまった鉢物の捨て場所のようになっている。空《から》になった素焼きの鉢も幾つか積み重ねられていた。

お杏が茶の間に戻って来て茶道具を引き寄せた時、正哲は口を開いた。

「誰か医者に診てもらったか？」

お杏の身体のことが心配だった。

「うん。薬研堀《やげんぼり》のお粂《くめ》さんに……」

「中条《ちゅうじょう》じゃねェか」

正哲は呆れた声を上げた。中条とは堕胎専門の女医者のことを指す。薬研堀のお粂は、お杏の死んだ祖母の知り合いであった。

「中条だって身ごもっているかどうかはわかるわよ」

「それで？」

「三月《みつき》だって」

お杏は少し昂《たか》ぶった声で言った。

「そいじゃ、十月十日後《とつきとおか》というと、今年の九月頃か？」

「八月の半ばになるわ。十月十日というのは正確な日数じゃないのよ。最後の月のものがあった日を憶えている人なら、そこから数えて九ヵ月と半月目が出産予定日になるの」

「ふうん。ま、とにかく夏の盛りは過ぎているから、お前ェも少しは楽だな」

陰暦の八月は秋になる。陣痛の苦しさに夏の暑さが加わることだけは、避けられたようだ。

「大事にするこった」

「他人事《ひとごと》みたいに言うのね」

「そういうつもりはねェが……よかったな」

「うん……」

その日の二人は口数が少なかった。お互いに子供の親になるという感慨が胸の中に拡がっていたからだ。正哲は特別に子供好きでもないが、夫婦の間に子供ができないと定められては辛いものがある。お杏のためにはよかったのだと思う。お杏は石女《うまずめ》の産婆と陰口を叩かれたこともあったからだ。

植木市で正哲が美代治に出会ったことに、何か因縁めいたものがあったのだろうか。

本材木町の仙台屋に押し込みが入り、仙台屋の主《あるじ》夫婦と三人の子供達、住み込みの手代、丁稚《でっち》の七人が一度に殺されてしまうという事件が起きた。晦日のことだった。

仙台屋には他に通いの女中と番頭、それに美代治がいたが、女中と番頭は店が終われば家に帰るので難を逃れ、美代治もたまたま外に飲みに出ていて助かった。

最初に自身番に知らせて来たのは美代治だった。その日、お杏はたまたま夜中のお産があり、すっかり終わった時は明け方になっていた。正哲はお杏が家に戻った時「あい、ご苦労さん」と、労をねぎらった。お杏は戻るとすぐに床に入ってしまった。

それから、どれほど時間が経《た》ったろうか。

風松が血相を変えて正哲を呼びに来たのだ。

仙台屋には北町奉行所の定廻《じょうまわ》り同心、深町又右衛門《ふかまちまたえもん》が中間《ちゅうげん》の芳三《よしぞう》と一緒に先に着いていた。

深町も眠気を無理やり覚まされて不機嫌な顔をしている。出仕《しゅつし》前の事件である。髪を結う暇もなかったようで鬢《びん》のほつれ毛が目立っていた。仙台屋の店前には早くも噂を聞きつけた野次馬が集まり、芳三はすぐさま、その整理に追われた。深町は美代治に事情をあれこれと聞いていた。美代治の眼は赤くなっている。

「旦那、美馬先生をお連れしました」

風松の声に深町が振り返り、軽く顎《あご》をしゃくった。

「仏は中ですか？」

正哲は事務的な声で訊いた。

「うむ。おぬしが来るのを待っていたのだ。そいじゃ、中を見るか？」

深町は羽織の裾《すそ》を捲《まく》って足を踏み出した。

店の中は血なまぐさい。仄暗《ほのぐら》い廊下がぬるぬるするのは血のせいだった。正哲の後ろから風松と美代治が恐る恐る続いた。

台所に通じる廊下に倒れていたのは十五歳になる長女のおりつだった。刃物を使っての滅多刺しである。逃げようとしたところを後ろからやられたようだ。台所にはおりつの弟で長男の弥平《やへい》が仰向けに倒れている。眼をかッと見開いていた。深町は弥平の瞼《まぶた》に手を添えて閉じてやった。内所に続いている奥の部屋には仙台屋の夫婦、繁次郎《しげじろう》とおとき、それに末っ子のお花が蒲団《ふとん》の上でこと切れていた。

蒲団も血に染まり、もとの柄や色がよくわからない。美代治はお花の亡骸《なきがら》が目に入ると堪まらず咽《むせ》んだ。お花は美代治によくなつき、一緒に遊んでやることが多かったという。

内所から出て、二階に通じる階段の下に手代の五助《ごすけ》が倒れていた。階下の様子がおかしいので下りて来たところをやられたようだ。

二階は住み込みの奉公人の部屋で、その部屋の前に丁稚の長松《ちょうまつ》が倒れていた。

「このやり方から女の手口も考えられますね」

正哲は一人一人の検屍を続けながら深町に言った。女の下手人が刃物を使って殺しを働く場合、傷が多くなるのがこれまでの通例だった。

「うむ。しかし、これだけの人数を女一人で殺《や》るというのはどうかのう」

「もちろん、仲間はいるでしょうよ。賊の中に女も混じっているということですよ」

「多分、そういうことになるのだろうの」

深町の言葉に美代治がふと気づいたように、

「そう言えば、二、三日前、女中にしてくれという女が店に訪ねて来ました。叔父さんは、もう一人女中を雇いたがっていたので口入《くちい》れ屋に話をしておりました。しかし、やって来た女の後ろに人相のよくない男がついていたので、面倒があっては困ると叔父さんは断ったんですよ」と言った。

「事前に様子を窺っていたか……」

深町はそう言って深い吐息をついた。すぐに「で、金はいかほどやられた?」と美代治に訊《たず》ねた。

「へい。晦日《みそか》でしたから、掛け取りで集めたものを合わせると三十両ほどでしょうか。

ですが、銭箱が見えません」

「それはいつもどこに置いていた？」

「へい。店を開けている内は帳場に置いて、その後は内所に運んでいたと思います」

「お前は店にいなかったようだが、どうして外に出ていた？」

「へい……帳簿付けに手間取りまして、少し疲れてもおりましたので終わってから一杯やろうと外に出たんですよ。つい調子に乗って、気がついたら夜が明けておりました。それで慌てて戻ったところがこの始末です……すっかり動転してしまいまして、足ががくがくしましたが、ようやく自身番に届けたという訳です」

「なるほどな。飲んだ店は何んという」

「八丁堀の提灯掛《ちょうちんがけ》横丁にある『ほたる』という店です」

その店なら正哲も時々行くので知っている。

「賊は夜中に忍び込んで寝込みを襲ったんだな」

深町が独り言のように呟くと美代治は「きっとそうです。何もこんな小さい子供まで手に掛けることはないのに」と声を詰まらせた。

「いえ、夜中じゃねェですよ。明け方になってからですよ。蒲団の中はまだ生温かいですから」

正哲はすかさず言った。

「わたしがいたら、一人でも助けられたのに」

美代治は泣き声を高くして言った。

「お前ェがいたら、同じように殺《や》られていたかも知れねェぜ」

深町はそんな美代治を慰めるように言った。

「こんな思いをするなら、いっそ一緒に死んだ方がましというものです」

美代治は拳で眼を拭いながらそう言った。

美代治の言葉に風松は自分も洟《はな》をしゅんと啜《すす》った。

「風松、後で美代治から話を聞き、女の人相書きを作る手配をしろ。自身番に配る。町年寄、裏店《うらだな》の大家にも伝えなければなるまい」

深町は風松に指示を与えた。

「へい」

正哲と深町は手代と丁稚の部屋である二階の座敷にも上がって見た。

そこは別に変わった様子も見られなかった。

どうやら賊は二階の部屋には入らなかったようだ。

「賊は階段で手代と丁稚を殺すと、中を覗き、誰もいないことを確かめ、すぐに引き上げたようですね」

正哲がそう言うと、「手代の部屋には金目のものはないと踏んだのだろう」と、深町が応えた。二人はそのまま階下に下りた。

仙台屋一家の検屍はいつもより時間が掛かり、ようやく終わったのは昼過ぎになっていた。これから家族の弔いやら、血で汚れた家の中の掃除やら、大変な仕事が残っている。

美代治は「後のことはすべてわたしが行います。世話になった叔父さん一家のことです。甥のわたしがするのは当然のことです」と健気《けなげ》に言った。

「先生、あの美代治をどう思うかの」

風松と美代治を仙台屋に残し、奉行所に報告をするという深町は正哲を伴って外に出た。二、三歩遅れて芳三がついて来た。

正哲も検屍医として所見を報告しなければならない。歩く道々、深町は正哲に訊ねて来た。

「下手人《げしゅにん》として目星をつけて置くかどうかですね？」

「うむ。最初に事件を発見したのは奴だからの、下手人の線から全く外すというのを迷っておるのだ。念のため、身辺を探った方がよかろうの」

「その方がいいでしょう。ふうの話を聞いて、ちょいと気になることもありますから」

「何んだ？」

深町は怪訝《けげん》な顔を正哲に向けた。

「奴は上方の出身だそうですね？」

「うむ」

「米の横流しが見つかり、所払いを喰らったそうじゃねェですか」

「手前ェから喋っているのよ。普通なら隠すんだが……弱い者の味方をしてやったと大威張りなんだろう」

「向こうじゃ大した人気者だったそうですね」

「うむ。それはおれも聞いた。それが気になるのか？」

「いや、ちょいと腑に落ちねェだけです。奴の狙いは何んだったのだろうと。同情だけなんでしょうかね？　手前ェを犠牲にしてまで人のために尽くすってェのは、こちとらの了簡《りようけん》が狭ェせいで、よくわからねェんですよ」

「それはおれも考えた。そこまでやるかと思った。お釈迦《しやか》様でもあるまいし……」

深町の言葉尻に皮肉なものが含まれたと正哲は思った。しかし、これまでの美代治には不審なものは感じられなかった。それどころか近所の受けもなかなかいいのだ。正哲も美代治の表情から怪しい部分は感じていなかった。下手人は捕らえると様々な嘘や言い逃れをする。調べを進めて行く内に、その嘘がばれてしまうのだが、嘘と見抜くのは確かな証拠よりも、市中を取り締まる役人としての勘が働く場合が多い。それは犯罪の臭《にお》いとも言うべきか。その臭いに深町も正哲も敏感に反応して来た。美代治にはそれが微塵も感じられなかった。

四

美代治は仙台屋一家の弔いを立派に出した。

弔い客に挨拶する美代治は喪服に包んだ身体を縮め、悔《く》やみの言葉を掛ける客に、いちいち丁寧に応えた。

あんな事件のあった後だから、仙台屋はしばらく仕事にならないのはわかるが、暇になった美代治は風松にくっついて歩くようになった。一刻も早く下手人を挙げたいという気持ちでもあるのだろう。

その一方で、訊ねられると事件のあらましを詳しく話して聞かせ、人々の同情を買っている。

事件の起こる前に仙台屋に女中奉公を願い出ていた女は確かにいて、それは番頭の治《じ》助《すけ》も憶えていた。やがて、女の人相書きが市中の高札《こうさつ》に貼られた。

深町又右衛門は美代治が事件の第一発見者であることで、一応は彼の身辺に探りを入れてみた。仕事は熱心であったが、店が終わった後の遊びはかなり派手であった。しかし、番頭の治助の話では、上方の両親から定期的に小遣いが送られて来ているという。美代治はさほど金には不自由していなかったらしい。となると、金目当てで押し込みの手引きをする線は崩れる。やはり、訪ねて来た女を挙げることが先だった。

美代治は聞き込みをする風松にくっついて、昼の時分になれば身銭を切って風松に昼飯を奢《おご》り、夜は飲み屋に誘うことも度々あった。

風松は美代治とすっかり意気投合して、あいつはいい奴ですよ、と美代治贔屓《びいき》を臆面もなく表すようになった。美代治は正哲にも言葉掛けがよく、気の利いた冗談を言って笑わせることが多かった。

高札に女の人相書きが貼られて十日ほど経った頃、とある商家の主人が、自分の所にいた女中ではないかと、自身番に届けて来た。

深町はすぐさま中間の芳三と風松を伴って、その店に向かった。もちろん、美代治も一緒だった。もう今では風松の傍に美代治がいることが当たり前のように思えた。

米沢町の蠟燭《ろうそく》問屋「尾張屋」の主人は、高札の人相書きを見て、昔、その店に奉公していたおすがという女に似ていると言った。今年、二十五になる女で、二年前に所帯を持つので暇をもらって店を出たという。しかし、錺職《かざりしょく》をしている亭主とはうまく行かず、その内に行方が知れなくなっていた。岡場所にでも身を落としているのではないかと、主人は心配していたらしい。

美代治は尾張屋の主人の話を熱心に聞き、おすがの人相が仙台屋に訪れた女とよく似ていると言った。深町はそれから各自身番に手配して、岡場所にいるおすがらしい女の捜索に乗り出すことにした。

風松は尾張屋での話が済むと深町と別れ、美代治と一緒に正哲の家を訪れた。

正哲は仙台屋の家族が殺された図に見入っていたところだった。

検屍の詳しい書き付けを出さなければならない。深町に急かされて、正哲は筆を取っている途中だった。しかし、事件も時が過ぎてしまえば記憶も朧《おぼ》ろになり、曖昧な部分も出て来る。

死人の倒れていた向きがどっちだったのか覚束《おぼつか》ないものも二、三あった。何しろ、一家七人の殺しである。

「先生、仙台屋殺しに関わっている女に、ちょいと目星がつきそうです」

風松は少し興奮した声で言った。

「ほう」

「米沢町の尾張屋という蠟燭問屋にいた女中のようです」

「美代治、お前ェもそう思ったのか?」

正哲は美代治に訊ねた。

「はい。尾張屋のご主人のお話を聞いて来ましたが、よく似ています。いずれ捕まった時、わたしが顔を見れば、はっきりわかると思います」

お杏は風松と美代治に茶を出しながら「美代治さん、すっかり下っ引きが板に付いたわね」とからかった。すると美代治は真顔になって「わたしは一刻も早く、下手人を挙げたいだけですよ。そうじゃなかったら叔父さんも皆んなも浮かばれません」と声を荒らげた。

「ごめんなさい。馬鹿なことを言ってしまったわ。本当にそうよね」

お杏は素直に謝った。

「親切に同情してくれる人もいますけれど、中にはわたしが下手人じゃないかと疑っている人もいるんですよ。わたしはそれが悔しくて……」

美代治は悔し涙を浮かべて言った。

「大丈夫よ、その内にきっと下手人は見つかる。うちの人もふうちゃんも一生懸命調べてくれているから」

お杏は美代治の涙に慌て、取り繕うように言った。

「おう、美代治。ところでちょいと訊ねてェことがある。二階にいた長松な、頭はどっちの方を向いていたかな?」

正哲のいたずら書きのような図には細長い円に手足を示す短い線が描かれている。それだけを見れば、どっちが頭なのかよくわからなかった。美代治は正哲の手許を覗き込み、しばらく思案してから「階段の方が頭だったと思います」と言った。

「ありがとよ。助かったぜ」

「先生、これをどうなさるんです？」

美代治は書き込みをした正哲に訊ねた。

「死人の様子を詳しく書いて奉行所に出すのよ。お奉行はそれを参考にお裁きをするんだ」

「そうですか。色々、ややこしいんですね」

「当たり前ェだ。運悪く仏さんになっちまったんだ。いい加減なことをしちゃ罰が当たるというものだ。なあに、仏さんは下手人のことを教えてくれるから、いずれ捕まるさ」

「仏さんが教えるんですか？」

美代治は呑み込めない顔で正哲のいかつい顔をまじまじと見つめた。

「そうだ。おいらは、わたしはこんなふうに殺されましたと、おれに教えるのよ。仙台屋の殺しは裏にあった薪割りを使ってやったんだ。血を拭ってあったが仏の傷口と、その刃物の形がぴったりと合っていた。それと匕首《あいくち》だ。滅多刺しにしていたのは、下手人が一撃を与えた時、やられた方は手足をばたばた動かしてもがくから、早く殺してしまえとばかり刃物を何度も振《ふる》ったのよ。一番ひどかったのは長女のおりつだ。ひどく暴れたせいか、それとも下手人に悪態をついて怒らせてしまったか、だろう。だが、他は寝込みを襲われて抵抗する間もなく殺られていた。押し込みが入ったのはわかっただろうが、起きてすぐじゃ、頭が働いてくれねェもんだ。昼間だったら、こんなに死人は出なかっただろうよ」

正哲の言葉に美代治は感心したように深い溜《た》め息《いき》をついた。

「よくわかるものですねえ。さすがおろく先生だ」

「美代治、先生は医者になってから、おろくの仕事ばかりやって来たお人だ。ああ死んだ、殺されちまっただけじゃなく、いつ、どこで、どんなふうに、どんな理由で、というところまで考えてくれるのよ」

風松は得意そうに美代治に言った。

「それにな、そこにいるお杏ちゃん。これが先生に負けずに勘がいい。先生のいねェ時は代わりの役目もするんだ」

「何言ってるのよ、ふうちゃん。代わりなんてするものですか」

お杏は慌ててそう言った。だが、ふと気づいたように「そう言えば、事件のあった日、あたしは仙台屋さんの前を通ったのよね。あたし、とても疲れていたから、はっきり憶えていないのだけど、仙台屋さんから誰かが出て来るのを見たような気がするのよ」と言った。

「お前ェ、どうしてそれを黙っていたのよ」

正哲が詰《なじ》るような口調でお杏に言った。

「あたし、あの時、頭がぼうっとして、家に帰ると、すぐに寝てしまったでしょう？　起きてから仙台屋さんのことを聞いたものだから、勘違いして前の日のことだとばかり思ってしまったのよ。でも、よく考えると上槙町《かみまきちょう》の大工の源さんのところのお産から戻った時のことなのよ。源さんに新場橋《しんばばし》まで送ってもらったから、源さんも、もしかして気がついていたかも知れないわ」

「あの、お杏さん。それはわたしのことじゃないですか？」

美代治がおずおずと口を挟んだ。

「え？」

「わたしは朝方まで飲んでいて、それから店に戻りましたから、その時、お杏さんはわたしを見掛けたんじゃないですか？」

「………」

「もしも、わたしじゃなかったら、それはもちろん、下手人ということになります。わたしは下手人とひと足違いで擦《す》れ違ったことになるんでしょうか」

美代治はそう言った。顔が青ざめている。

「よくわからないわ。でも、あんたはお店に戻って事件に気づき、それから自身番に知らせたのでしょう?」

「はいそうです」

「明六つ過ぎてのことだと聞いたけど……」

「はい……」

「わたしが仙台屋さんの前を通ったのは、もっと早い時刻のことだと思うのよ」

「そいじゃ、下手人です、それは!」

美代治は昂ぶった声を上げた。

「そうかも知れないわね。肝心なことだから、これからじっくり思い出して見るわ」

「そうして下さい」

美代治はお杏に頭を下げた。

風松と美代治が引き上げると、正哲は「戻った、出て来た」と謎のように呟いた。

「なあに?」

お杏が不思議そうに正哲に訊ねた。

「お前ェはあの日、仙台屋から人が出て来るのを見たと言った」

「ええ」

「美代治は最初、自分じゃないかと言った」

「ええ」

「自分だとしたら、仙台屋に戻ったところだった……こいつが肝心なんだが、戻ったところなら奴の身体の向きは後ろ向きだ。お前ェには背中が見えていたはずだ。お前ェは人が出て来るのを見たと言った」

「だとしたら、あたしが見たのは下手人なのかしら」

「いってェ、そいつは誰なんだ。美代治だったのか、それとも別の奴だったのか？」

「だから、それがはっきりしないのよ。仮によ、あたしの見た人が美代治さんだったらどうなるの？」

「それが美代治だったら、奴が自身番に届けを出して来た時刻と微妙に喰い違う」

「何んのために時刻をずらす必要があるの？」

「町木戸はお前ェが戻る時刻には開いちゃいねェ。お前ェは産婆だから、すんなり通れるが」

「町木戸が開くのを待つのは何んのため？」

「恐らく、銭箱を他に運ぶためだ」

「………」

「大工の源さんが気がついているかも知れねェ。後で訪ねてみるつもりだ」

「でも、でもよ。あたしがじっくり思い出してみると言ったら、美代治さん、そうして下さいと頭を下げていたじゃない。もしも、自分が下手人だったら、そんなこと言わない」

「…………」

正哲は混乱していた。美代治は仙台屋の事件について協力的であった。やましい部分があるのなら、風松や正哲から距離を置くものではないだろうか。だが、美代治はむしろ自分達に接近している。美代治が下手人だとしたら、その行動がことごとく不自然であった。

五

深川のアヒルから人相書きによく似た女が見つかったと知らせがあった。アヒルとは深川にある岡場所の隠語だった。昔、その辺りが網干し場であったことから、網が干《ひ》る が縮まってアヒルと呼ばれるようになったのだ。

知らせて来たのは深川の岡っ引き、捨吉《すてきち》であった。捨吉はその女をすぐさま、三四《さんし》の番屋に連行したという。

三四の番屋は本材木町の三丁目と四丁目の間にある調べ番屋である。建物が自身番よりはるかに大きく、下手人を収監する牢も備えていた。

知らせを受けた時、正哲はちょうど本八丁堀の自身番で深町や芳三、それに風松と一緒にいた。深町は仙台屋に寄って、美代治を同行させるように風松に言い、ひと足先に正哲とともに三四の番屋に向かった。

棒縞《じま》の着物の上に半纏を引っ掛けた女は俯いたきり、顔を上げなかった。深町や正哲が入って行っても、こちらを見ようともしない。

尾張屋の主人の話では、おすがは二十五であるはずだが、目の前の女は、まるで四十女のように老けた顔をしていた。これまで、さほどいい思いもせずに暮していた様子が察せられた。

美代治と風松はほどなくやって来た。

「美代治、どうでェ、この女に間違いないか？」

深町は美代治に訊ねた。美代治は女の顔をまじまじと見つめ、ふうっと深い吐息をついた。

「駄目です。この女じゃありません。よく似ていますが……」

「…………」

「しかし、よく似た女もいるものですねえ」

「本当に違うのか？」

深町は念を押すように美代治に言った。

「残念ながら……」

美代治がそう言うと女はキッと顔を上げ、

「旦那、それじゃわたしはもう用なしですね？　これでご無礼してもよござんすか？」

と蓮《はす》っ葉《ぱ》に言った。

「待て、番頭の治助にも念のため、顔を見てもらう」

深町は未練がましく、そう言った。

「旦那、番頭さんは女の顔をちらりと見ただけですから、わたしほど憶えてはおりませんよ。確かに、この女じゃありません」

美代治はきっぱりと言った。深町は正哲と顔を見合わせた。

岡っ引きの捨吉も「もう一度訊ねるが、お前は日本橋の本材木町の仙台屋に行ったことはねェんだな？」と女に念を押した。

「仙台屋なんて、見たことも聞いたこともありませんよ」

「帰ってよし」

深町は力なく言った。女はその瞬間に舌打ちして、忙しいのに手間を喰っちまった、と悪態をついて番屋を出て行った。

「美代治、お前ェも引けていいぜ」

深町は美代治にも言った。

「はい。お役に立ちませんで……そいじゃ、これでご無礼致します」

美代治は済まなさそうな顔で出て行った。

「振り出しに戻ったか……」

深町の言葉には溜め息が混じった。

「先生、いったいこの先、どうしたらよかろうの。七人もの人間が殺されているというのに下手人の目星がつかないたァ、どういうことなんだ！」

深町の言葉が次第に激しくなっている。

「似ているけど違うってェのは、何んでしょうね？」

「ん？」

正哲の言葉に深町は怪訝な眼になった。

「下手人らしいのが捕まれば、顔を見た者なら、わかりますよね。すぐにこいつだと声を張り上げるものです。ところが、美代治はじっくり見て、似ているけれど違うと言った。似ているけれど自信がねェから調べてくれと言うんならわかるんだが……」

「よくわからぬ」

深町は苛々して月代《さかやき》をぽりぽりと掻いた。

「先生は美代治を怪しいと思っているんですかい？」

風松は心細い声で正哲に訊ねた。

「怪しいも怪しくねェも、最初に事件を発見したのはあいつだ。おれはそこに拘わっているのよ」

「そりゃそうですが、あっしは美代治が下手人とはどうしても思えません。あいつに人殺しなんざできませんよ」

風松は美代治を信用し切っている様子だった。

「旦那、事件が振り出しに戻ったとおっしゃるなら、どうでしょう、最初から一つずつ洗い直してみませんか？」

正哲は深町にそう言った。

「あの女はどうも引っ掛かります。仙台屋に事件の前に現れた女は男と一緒だった。そいつは女の亭主か間夫《まぶ》だ。その男のことも調べる必要があると思いますが」

「よし、捨吉、おすがの身辺をもう一度探れ。男だ、男がいたら知らせろ」

「へい」

捨吉はすぐさま表に出て行った。

「面《つら》というのは不思議なもんですね」

正哲は呟くように言った。「下手人を挙げる時、旦那もふうも、いや、このおれもそうですが、人相の悪さで決めつけているようなところはありやせんか？」

「何が言いたい……」

　深町は低い声で正哲に訊ねた。

「美代治の面ですよ」

「………」

「笑うと感じがいい。年頃の女だったら、奴が甘い言葉を掛けるだけでその気になるでしょうよ。物腰も柔らかく客のあしらいがうまい。人は誰だって奴にいい感情を持つ。だが、よく考えりゃ、奴だって上方で悪事を働いて来た男だ。何も彼《か》も奴の言い分を信じるのもどうだろうかと考え始めているんですよ」

「だけど先生、美代治は貧乏している奴らのために米の横流しをしたんですぜ」

　風松はどこまでも美代治を庇《かば》う。

「問題はそこよ。奴の実家は結構な身代、育ちも悪くねェ。父親も母親も、きっと祖父《じい》さん祖母《ばあ》さんにも美代治、美代治と可愛がられてでかくなった。手柄を立てれば家族は人の何倍も褒《ほ》めそやす。悪さをしたところで庇う。米の横流しにしろ、親は困っている人のためにやったんだ、美代治が悪いんじゃねェ、ご政道が悪いんだと慰めたとしたらどうだ？　奴は罪の意識はかけらも持たねェじゃねェか」

「おぬしの言いたいことはよくわかる。したが、仙台屋は実の叔父だぞ。叔父の一家を皆殺しにするというのは解《げ》せぬ。米の横流しとは訳が違う」

深町は正哲にそう言った。

「上槙町の源五郎という大工に話を聞いて来たんですよ」

正哲はお杏が事件のあった朝に仙台屋から男が出て来るのを見たと聞いて、二人で上槙町の源五郎を訪ねてみたのだ。驚いたことに美代治が先に源五郎を訪ねて仔細を聞いて行ったという。源五郎も、その朝のことをよく憶えていなかった。美代治がほっとしたのか、がっかりしたのかは正哲はわからなかった。しかし、源五郎は仙台屋と美代治のことで気になることを話してくれた。

「仙台屋の長女のおりつは源五郎の娘と同い年で、家が近いことで親しくしていたそうです。源五郎の娘のおたつによると、おりつは美代治のことは大嫌いと言っていたそうです」

「ど、どうして……」

風松が慌てて正哲に訊いた。

「帳場の金をくすねて、仙台屋の主《あるじ》に見つかると嘘ばかりついていたそうです」

「おりつの年頃は小《ちい》せェことでも許せねェものだからな」

深町が相槌《あいづち》を打った。

「嘘を見抜かれるとさらに嘘をついて、手に負えない男だとおりつは思っていたようです」

「外面《そとづら》と内面《うちづら》が違うか……」

深町は宙を睨《にら》んで思案する表情になった。

「もしも、美代治が仙台屋の事件の下手人とすれば、金が目的ではねェと思います。いや、店の金に手を付けていたことは、いたでしょうが、それよりも、くすねたことがばれるのを奴は恐れていたんじゃねェかと、おれは思っているんですよ」

「美代治が一人で事に及んだのか？」

「仲間はいるでしょう。銭箱の中味を渡す条件なら一枚嚙んで来る奴は何人もいる。思い切って押し込みに見せ掛けるというのは大袈裟過ぎますかね？」

「考えられる……」

深町は大きく肯いていた。

正哲にそこまで言わせたのはお杏のひと言のせいだった。源五郎の裏店を訪ねた時、ひと足早くやって来たという美代治のことを「いちいち足取りを消しているのね」と何気なく言ったからだ。

お杏はその時点から、もう美代治を信用していなかった。

「これだけの事件を起こしておいて、下手人の姿がさっぱり見えて来ないということは、何か見落としているからじゃねェんですか」

「よし、美代治をしょっ引いて、もう一度調べてみよう」

深町は組んでいた腕を振りほどくと、力強く言った。

六

翌日、早くも新しい展開があった。深川の捨吉がおすがの間夫を見つけたのだ。捨吉は朝になって本八丁堀の自身番にやって来て風松に知らせた。風松はすぐさま呉服橋御門内の北町奉行所の前で深町を待って、そのことを知らせた。深町は正哲を呼びに行くようにと指示を与えたという。

「先生！」

風松は荒い息をして土間口から正哲を呼んだ。

「おう、入って来い」

正哲は一人で昼飯を食べていたところだった。

「深町の旦那が仙台屋の方に来て下せェとおっしゃっております」

風松の顔が青ざめていた。

「どうした？」

「先生、美代治が下手人かも知れやせん」

「何か摑《つか》んだのか？」

「へい。深川の捨吉親分が、おすがの男を見つけやした」

「ほう……それで？」

正哲は残った飯に茶を掛けて啜《すす》り込んだ。

「その男、植木売りをしているんですよ」

「………」

「薬師堂の縁日で美代治の野郎、植木売りの手伝いをしていたじゃねェですか。あっしはもうピンと来やした」

「その男が美代治と顔見知りだったということは考えられるな。ということは女はやはり、仙台屋に来た女ということになるのか？」

「多分、そういうことになります」

「深町の旦那は何んと言っていた？」

「これから美代治をしょっ引く手はずでおりやす」

「まだ、しょっ引いていなかったのか……」

正哲は少し不安になっていた。後手《ごて》に廻っては、また美代治に言い逃れをされるような気がしてならなかった。

「よし、奴の化けの皮をひっ剝《ぱ》がしてやる」

正哲はぐいっと立ち上がり、衣桁《いこう》から紋付羽織をずるりと引き落とした。

「ところで、お杏ちゃんは？」

風松は姿の見えないお杏のことを気にして言った。

「朝に提灯掛横丁の『ほたる』に行って、亭主に話を聞いて来ると言って出かけたきりだ。昨夜、仙台屋の事件が振り出しに戻ったと言ったら、俄然、張り切り出した」

「先生……」

風松は心細いような声を洩らした。

「もしかして、仙台屋のことも何かおっしゃいましたか？」

「お杏はおれに、仙台屋の中で調べていない所はないかと訊いたから、二階の手代と丁稚の部屋はまだよく調べていねェと言った」

「………」

風松は金縛りに遭《あ》ったように押し黙った。

「ふう、どうした！」

「深町の旦那を奉行所に迎えに行った時、お杏ちゃんは仙台屋の番頭と店前で話をしておりやした。気になったんですが、あっしは、そのまま奉行所に先に行ってしまいました。戻っていないとなると……」

すでに一刻（二時間）ほど時間が過ぎている。

「早く美代治をしょっ引け！」

正哲は怒鳴るように風松に言った。

「へい」

二人は転がるように家を飛び出した。正哲の胸を嫌やな気分がせり上がっていた。

仙台屋の前には深町が芳三と捨吉と一緒にすでに立っていた。

「旦那……」

正哲が声を掛けると、深町は店の中に目配《めくば》せを送った。

「今、美代治にちょいと訊ねたいことがあるから茅場町の大番屋の方に来てくれと言ったばかりだ」

深町は囁くような声で正哲に言った。

「おすがの男のことは話したんですか?」

「ああ。さすがに顔色をなくしていた。ちょいと用意をするので待ってくれと言った」

美代治は二階で身仕度をしているようだ。

「旦那、お杏の姿が見えねェんですよ。朝方にふうがここで立ち話をしているお杏を見たと言っているんですが……」

深町は正哲の話に眉間に皺を寄せて押し黙った。

店の中はしんとして物音もしなかった。番頭の治助は俯いて震えていた。風松は治助の襟を摑んで「手前ェ、何か知っているな？」と脅した。

「お内儀《かみ》さんは二階です……」

治助は聞き取り難い声でようやく言った。

「手前ェ、このッ！　早く言え」

がんと治助の顎に一撃を加えると、風松は十手を取り出し、左手で右手の袖をたくし上げた。

「待て風松。番頭に様子を見に行かせろ」

深町が押し殺した声で風松に言った。

正哲は一瞬、瞼を閉じた。最悪の事態を予想していた。お杏は手掛かりを摑むため、仙台屋に来たのだ。美代治が留守なら、こっそり二階の部屋を検《あらた》めるつもりだったのだろう。

お杏が何かを摑んだ時に、運悪く美代治が舞い戻る。お杏は美代治のようにうまい言い訳ができる女ではない。あんたが殺したんだ、あんたよ。強く問い詰めるお杏に業《ごう》を煮やし、美代治がまた、にっこり白い歯を見せてお杏の前に刃物を取り出す……そこまで考えて、正哲は頭を左右に振った。

「先生、しっかりして下せェ。大丈夫ですよ、お杏ちゃんはきっと大丈夫ですよ」

風松はそう言いながら、ぽろぽろと涙をこぼした。

「大丈夫なら、何んで泣く！」

正哲は風松の頰を一つ張った。

二階に上がって行った治助はすぐさま階段を転げ落ちるように下りて来ると、あわあわと意味不明の言葉を吐いた。深町の顔に緊張が走った。

「よし、行くぞ。そっとな、そっと行くんだ」

深町は先頭に立った風松に言った。風松は拳で眼を拭うとぐっと唾を飲み込んだ。細い首に喉仏が上下するのがわかった。風松は一歩一歩踏み締めるように階段を上って行った。深町と正哲が後に続いた。

二階の板の間に立って中を覗いた風松は棒立ちになった。

「どうした？」

後ろに続いた深町が囁き声で訊いた。

「美代治が倒れています」

「………」

「お杏はどうした？」

正哲が吠えた。

「お杏ちゃんも……」

正哲の頭の中はその瞬間に真っ白になった。

正哲は目の前の深町を押し退《の》けた。

二階の部屋で美代治は口から泡を吹いて倒れていた。もはや、絶体絶命と悟った彼は、自ら石見《いわみ》銀山をあおって自害したのだ。お杏は壁側に身体を向けて倒れていた。腰から下が夥《おびただ》しい血に染まっている。畳がその血で濡れていた。

正哲はお杏の身体をそっと手前に引き戻した。お杏は微かに呻《うめ》き声を洩らした。死んではいなかった。

「お杏、お杏！」

意識の朧ろなお杏に正哲は叫んだ。

「どこをやられた？　腹か？　胸か？」

お杏は弱々しくかぶりを振った。

「あんた……ごめんなさい……子が流れちまった……」

畳に拡がった血は刃物によるものではなく、お杏が流産したためだった。

「そんなことはいい。命が無事だっただけでおれはもう……」

正哲はそう言うと、お杏を抱え上げた。

「先生！」

風松が悲鳴のような声を上げた。

「お杏をうちに連れて帰って親父に診てもらう。美代治のおろくのことは後にしてくれ」

「へ、へい」

「旦那、ちょいとご免なすって」

深町は腰を打ったようで芳三に摩《さす》ってもらっていた。「お内儀《ないぎ》はご無事であったか？」

と正哲に訊ねた。

「お蔭様で……」

「さようか……怪我をしておるのか？」

「大したことはありません。そいじゃ……」

「うむ」

正哲は仙台屋の外に出ると、安堵の溜め息を洩らした。

「お杏、二階の部屋に何か手掛かりになるようなものがあったのか？」

正哲はお杏を抱え、歩きながら訊ねた。お杏は正哲の太い首に両腕を回している。通り過ぎる人々は何事かと二人を見ていた。しかし、お杏の着物に血が滲《にじ》んでいるのに気がつくと道を空けてくれた。

「押し入れの下……行李《こうり》の中に十五両……」

お杏は切れ切れに正哲の耳許に囁いた。吐息が熱い。

「美代治の行李だな？」

正哲が訊ねるとお杏は肯いた。「それから……」お杏は話の続きをしたいようだったが、何しろ身体が切《せつ》なかった。

「わかった。後で訊く」

「お義父《とう》さんに診てもらうの、恥ずかしい……」

お杏はそんな時でも羞恥《しゅうち》を覚えているようだ。

「わかった。おれが手当するから」

「あんたも医者だから……」

「そうだ、おれだって蘭方医者だ」

正哲は力強くそう言うと、お杏の身体を抱え直し、地蔵橋の家に急いだ。

お杏はそれから二十日ほど床の中で過ごした。予定していたお産を二つ抱えていたので、事情を説明して、他の産婆に託した。

正哲は、その後、事件らしい事件もなかったので、お杏の介抱と飯の仕度に明け暮れた。

お杏はすっかり意気消沈していた。無理もない。何年も子ができず、ようやく身ごもったと思ったら流産してしまったのだから。

正哲はお杏に朝飯を食べさせると後片付けをした。それが済むと洗濯である。狭い家の中のこととはいえ、やる事は多い。お杏は上がり框《がまち》の辺りが埃《ほこり》っぽいと正哲に言った。

掃除の桶に雑巾を浸し、正哲はうっすらと埃が溜まっている板をごしごしと拭いた。

「やったからな」

正哲はひと仕事終えると、お杏に報告する。

お杏はその度に「ありがと」と細い声を出した。

正哲は雑巾を濯《すす》いで、汚れた水を表に振り撒いた。

穏やかな春の陽射しが降り注ぐ日だった。少しも寒さは感じられない。江戸はこれから、ようやくよい季節になるだろう。正哲は陽射しの気持ちよさに、うっとりと眼を閉じた。

「先生、ご精が出ること」

近所の女房が襷《たすき》掛《が》けの正哲に声を掛けた。

「いや、なに……」

「お杏さん、大丈夫ですか？」

「あい、もう大丈夫ですよ」

「お大事になすって下さいね。お杏さんが倒れると私達は困ってしまいますから」

おれだって困る。正哲は胸の中で独りごちた。

空いた桶を取り上げて、家に戻ろうとした時、植木棚に置いてある梅の木がほころんでいるのに気づいた。枯れたと思っていたが、そうではなかったらしい。梅は季節の到来を感じて、ようやく花を咲かせる気になったらしい。

「お杏、外の梅の鉢な、咲いているぜ」

「本当？」

お杏は心底、驚いた様子で床の上に起き上がった。

「ねえ、ここに持って来て」

「ああ」

お杏の顔が久しぶりに上気していた。正哲はそれが嬉しかった。

縁側に置いた梅の木は気のせいか、少しだけ大きくなっているように見えた。二つほど花が咲いて、蕾のところも今にも咲きそうな様子である。

「美代治、一つだけ嘘はつかなかったわね」

お杏はその梅を見て、美代治のことを思い出したらしく、そんなことを言った。

美代治のことを思い出させる梅はお杏にとって不快ではないのだろうか。正哲がそれを訊ねると、「馬鹿ね、梅は梅じゃない。梅に罪はないわ」と言った。

お杏はあの日、提灯掛横丁の一膳めし屋「ほたる」で美代治の足取りを探った。ほたるの亭主は仙台屋の事件が起こる前に、確かに美代治はそこで飲んでいたと言ったが、戻った時刻は定かに憶えていなかった。自分も途中から飲み始めてしまったからだ。埒《らち》が明かなかったお杏はその足で仙台屋に出向き、治助に訊ねたのだ。美代治が店を留守にしていたので、二階の部屋を見てもいいかと治助に言うと、治助は渋々肯いてくれた。

手代の五助と丁稚の長松は部屋から出たところを殺されたということだったが、お杏は壁にうっすらと血の飛沫《しぶき》があるのを確認した。

やはり二人とも寝入っているところを殺されたのだ。押し入れには店の帳場からくすねた金が貯めてあった。貯めてどうしようとしたのかは深町にも風松にも、番頭の治助にもわからなかった。

お杏が二階の部屋を調べていた時に美代治が戻って来た。逃げようとしたお杏に美代治は鉄拳を振った。お杏は倒れた衝撃で流産したのだ。

おすがは美代治が深川に遊びに行った時に顔見知りになった女である。事件を計画していた美代治は事前に仙台屋を訪ねることを頼んだらしい。その時に、おすがの間夫であった植木売りの半蔵《はんぞう》も仲間に入れたのである。仙台屋に顔を出して、事件を攪乱《かくらん》させる目的でもあったのだろう。それなら人相書きをああまで詳細に拵えることはなかったではないかと思うが、それも美代治が死んだ今では真相を知ることができない。

美代治はおすがと半蔵の三人で犯行に及んだ。闇雲《やみくも》に薪割りを振った美代治。その人懐っこい表情の裏に、深町や正哲が想像もできない奇矯な性格を具《そな》えていたのだ。

仙台屋の事件の後、人々に悔やみを述べられ、同情され、美代治の顔を見れば声を掛ける人々に、美代治は心底、ありがたそうに応えていた。
美代治さん、美代治さんと騒がれる美代治は、かつて大坂で米の横流しをやった時に得た人気をもう一度、思い出していたのだろうか。
多くの事件を手掛けて来た深町も正哲も、この美代治の行動だけはどうにも理解の及ばないものであった。

お杏はその後、もう一度身ごもったが、またも、子は流れた。これでいよいよ子供は駄目かと諦めた一年後、お杏は身体の変調を覚えた。三度目の正直で、お杏は今度こそ無事に出産までこぎつけることができた。
正哲が左手に娘のお哲《てつ》を抱え、右手に杉田玄白の『和蘭事始』を手にすることができたのは仙台屋の事件から数えて五年後のことである。

〈彼《かの》ターフルアナトミイの書に打向《うちむか》ヒしに、誠に艫《ろ》・舵《かぢ》なき船の大海に乗出《のりいだ》せしが如く、茫洋として寄《よる》べきかたなく、たゞあきれにあきれて居たるまでなり。〉

そうして玄白は蘭学を学ぶ者が多い昨今の現状に深い感慨を抱き、述べている。

〈今時世間に蘭学といふ事専《もっぱ》ら行はれ、志をたつる人は篤《あつ》く学び、無識なる者は漫《みだ》りにこれを誇張す。其初《そのはじめ》を顧み思ふに、昔し翁が輩二三人、不図《ふと》此業に志を興《おこ》せし事なるが、はや五十年に近し。今頃斯《か》く迄《まで》に至るべしとは露思《つゆおも》はざりしに、不思議にも盛《さかん》になりしことなり。〉

『解体新書』から正哲が教えられることは多かった。それがなければ日本の医術の進歩は、はるかに遅れたものになったはずだ。一人の英明な医者によって医術の世界が大きく変わったことを正哲は実感していた。『和蘭事始』を見ながら正哲は何度も涙を滲ませることがあった。正哲の表情に娘のお哲は敏感に反応して自分も泣き声を上げた。お杏が飛んで来て、正哲の腕からお哲を取り上げ「お守りもできないの？」と皮肉を洩らすが、幸福な正哲一家のことは、それはまた、別の話である。

町奉行所におろく医者と称する検屍役の記述はない。美馬正哲の存在は同心が抱える小者《こもの》の扱いと同等のものになる。小者は町奉行から使われるのではなく、あくまでも同心が私的に使っている者達である。

従って今日でも、史実はおろく医者の存在を示すことはできない。そういう医者がいた、ただそれだけのことである。

雑踏

一

陰暦八月はすでに秋である。

路上で聞き屋をする与平《よへい》にも、めっきり夜風が涼しく感じられる。その年の夏はことの外《ほか》、暑かった。与平は年を取るごとに暑さ寒さが身体《からだ》にこたえるようになった。暑い夏が終われば今度は冬だ。穏やかな秋も与平にとっては、つかの間の安らぎに過ぎなかった。

白い覆いを掛けた机に青白い月の光が射していた。置《お》き行灯《あんどん》もいらないほど辺りが明るく見える。十五夜が終わって間もない夜だった。

聞き屋をしている場所は江戸の繁華街、両国広小路《りょうごくひろこうじ》の傍《そば》なので、界隈《かいわい》は、ほろ酔い機嫌の江戸詰めらしい武士の姿も目立つ。家族を国許《くにもと》に置いている彼等《かれら》は、一抹の寂しさを感じつつも独り身の気楽さを謳歌《おうか》しているように見える。

依田覚之助《よだかくのすけ》もそんな江戸詰めの武士の一人だった。

覚之助が与平の前に座ったのは、十五夜の日だった。朋輩《ほうばい》と料理茶屋に繰り出した帰りに与平の前で足を止めたのだ。机の覆いに書いてある「お話、聞きます」の文句に誘われたらしい。与平は毎月、五と十のつく日に聞き屋をしている。

「辻占《つじうら》かと思った」

覚之助は独り言のように呟《つぶや》いた。

――皆さん、誰でも最初はそうおっしゃいます。

与平は静かな声で応《こた》えた。覚之助は少し酒に酔っていた。左頬《ひだりほお》から口許にかけての痣《あざ》は光線の加減でできた影かと最初は思ったが、腰掛けに座った顔を間近に見て、そうではなかったと気づいた。

「今夜は月見の宴《えん》であった」

覚之助は外出の理由を語った。

――さようでございますか。それはお楽しみでございましたな。

「わしはひと足早く引き上げた。どうせぐずぐずしておってもろくな目に遭《あ》わんからの」

――悪酔いなすって、手のつけられなくなる御仁《ごじん》は多いものです。

「さよう。人の面《つら》をからかって喜ぶ。もはや慣れっこになっているが、それでも気持ちのいいものではない」

――……………。

「わしは三人きょうだいでの、姉と弟がおる。わしと姉には、このように痣がある」

与平は言葉に窮した。痣は体内の血の減少（虚血）、あるいは血の滞《とどこお》り（瘀血《おけつ》）から起きると言われる。皮膚の下の血が赤色や暗い紫色に変化するのだ。芍薬《しゃくやく》、当帰《とうき》、茯苓《ぶくりょう》などが効き目があるとされている。いや、覚之助と姉は、これまで痣に効き目があるものなら、さんざん試したはずだ。だから与平も敢《あ》えて余計なことは言わなかった。

「わしはこれでも、まだましなのよ。姉は顔の半分がすっかり痣だ」

――ご親戚《しんせき》のどなたかにも、そういう方はおられますか。

与平は言葉に気をつけながら訊《き》いた。

「いや、おらぬ。我等だけだ。だが、うちの親も呑気《のんき》なものだ。姉が生まれ、その顔を見て胸を痛めたことだろうに、それでもまた子を生《な》すというのがわからん。わしなら恐ろしくてできぬ。我等は痣きょうだいと陰口を叩《たた》かれて今日《こんにち》まで来た」

――子供は授かりものでございますから、ご両親を責めるのは酷でございます。姉上様はまだ独り身でございますか。

「いや。世の中は存外に捨てたものでもなくての、藩のお抱え医者に輿入《こしい》れした」

――それはそれは。

与平は幾分、安心した。

「姉は娘時代から、痣を隠すために、べったりと化粧をし、日中はろくに外出しなかった。家の中で本を読んだり、字を書いたりしておった。お蔭《かげ》で大層美しい字を書く。わしも度々、姉から習字を教えられたものよ」

――よい姉上様でございますな。

「もはや人の妻となって何も案じることはないのに、相変わらず化粧は濃い。わしは素顔よりも、あの白塗りの顔に辟易《へきえき》となる」

与平は笑いを噛《か》み殺した。覚之助の姉にすれば笑い事ではない。

――おなごですからな。無理もございません。

与平は、そんなことしか言えなかった。

「わしも子供に影響が出ては困るという理由で縁談は断られっ放しだ」

――そのようなご心配は無用だと思いますが。

「訳知り顔で言うのう」

覚之助は皮肉な口調になった。

――わたしは聞き屋でございます。お客様のお話なら何んでもお聞き致します。ご気分を害されましたのなら、違うお話をなすって下さい。

「いや、普段は、痣のあの字も言うたことはない。お前だから話したくなったのだ」

――さようですか。それはそれは。

「縁談のことなど、とうに諦《あきら》めておった。姉が片づいたので、わしは肩の荷が下りた。

この先、独り身を通しても構わぬと思うている」

――いずれ弟さんにお家を継がせるおつもりですか。それはご両親はもちろん、世間様に対しても、少々、差し障りがあろうかと思います。

「ふん、それもそうだの。ところがの、今年に入って、わしに縁談が舞い込んだ。藩の寄合席（家老待遇）の娘で、すこぶるつきの美人だ」

――………。

「どう思う」

覚之助は試すように訊いた。

――さて、どう思うかとおっしゃられても、何んとお応えしてよいかわかりません。おめでたいお話ではございませんか。

「なぜ、わしのような男に白羽の矢を立てたのか、よくわからん」

――お武家様は人より抜きん出たものをお持ちなのでしょう。ですから、先様《さきさま》もそれを見込んでお嬢様を嫁がせるお気持ちになられたのでしょう。

「いや、親御は反対したそうだ。だが、娘が是非にも進めてくれと言うたそうな。娘はわしより五つ下の十八だ」

とすれば、覚之助は二十三。次男の作次《さくじ》と同い年だと与平は思った。すると、覚之助に対し、先刻より親しい気持ちが湧《わ》いた。幼い頃、友達と喧嘩《けんか》して泣きわめいた作次の顔が覚之助の顔と重なった気がした。

――結構ではございませんか。お武家様は何を躊躇《ためら》っておられるのですか。わたしはつくづくわかりません。

「それはお前が当たり前の顔に生まれついたからそう思うだけで、わしはうまい話には及び腰となる癖がついておる」

――………。

「何か言え」

――は？

「わしに何か言え。こうしろとか、ああしろとか」

――わたしはお客様のお話を聞くだけで、助言のようなことは致しません。

「逃げたな」

――これは、きついお言葉。お武家様の人生はお武家様のものです。他人がとやかく言うことでもありますまい。おいやならお断りすればよろしいでしょう。しかし、相手のお嬢様がお気に召したのなら、縁談を進めるべきです。ぐずぐずしていたら別の方に攫《さら》われます。

「きついのはお前だ。わしは娘に訊きたいのだ。しみ真実、わしを亭主にしてよいのかと」

——お武家様は、以前にそのお嬢様と何かお話でもされる機会がございましたか。

「ああ。一度だけ道端で出くわしたことがある。三年ほど前のことだ。あれは茶の湯か琴の稽古《けいこ》の帰りだったのだろう。娘はその時、御番入《ごばんい》り（役職に就くこと）したばかりの三人の男にからかわれ、着物の袖《そで》を引っ張られたり、簪《かんざし》を引き抜かれたりしておった。年寄りの女中が伴《とも》をしていたが、なに、そんな時には、ものの役に立たぬ。おろおろと、おやめ下さいと金切り声を上げるばかりだった。わしはそこへ通り掛かったのだ。わしは奴等《やつら》より年上だった。一喝すると、奴等はおとなしく引き上げた。思い当たるのは、それだけよ」

——お嬢様にはお武家様が大層頼もしく見えたのでございましょう。お嬢様のお気持ちを汲《く》んで差し上げるべきです。

覚之助は与平の言葉には応えず、「また来る」と言って腰を上げた。

——お待ちしております。

「お前の名を明かせ。聞き屋だけでは落ち着かぬ」

——与平と申します。

「さようか。わしは依田覚之助だ。覚えておけ」

——よいお名前です。

「世辞を言うな」

覚之助は机に一朱を放った。与平は黙って頭を下げた。月の光が、その一朱を白く光らせた。うまく縁談が纏《まと》まればよいと与平は思った。自分の息子だったら、痣ぐらい何んだと気合を入れただろう。痣ぐらい……しかし、当人にとって痣ぐらいでは済まされない葛藤《かっとう》があったはずだ。それを察すると与平は切ない気持ちになった。悩みは当人でなければわからない。たとい、他人がどれほど慰めても、当人は悩みから解放される訳ではないのだ。本当に痣ぐらいと達観できた時は、早や、死に年も近い年齢になっているだろう。それにしても人間は己れの身体の短所をどうしてくよくよと思い悩むのだろうか。

与平でさえ、若い頃はもっと男前に生まれたかったと思ったものである。芝居の二枚目のような容貌《ようぼう》だったら、どれほど人生が楽しかったことだろう。埒《らち》もない。与平は苦笑して鼻を鳴らした。世の中にはもっと肝腎《かんじん》なことがある。だが、その肝腎なこととは人間のつまらない悩みを易々《やすやす》と超えるほどすばらしいことなのだろうか。わからない。

「旦那《だんな》……」

もの思いに耽《ふけ》っていた与平の耳にだみ声が聞こえた。顔を上げると按摩《あんま》の徳市《とくいち》が傍に立っていた。

「お客さんは来やしたかい」

徳市は愛想笑いを貼《は》りつかせて訊く。頬にえくぼができる。そのために愛嬌《あいきよう》が感じられる。だが、徳市はえくぼの効果を人が言うほど実感していないだろう。徳市は生まれつきの盲人だった。

「今夜はまだ、三人ばかり相手をしただけだよ。あんたは？」

「お内儀《かみ》さんに呼ばれておりやす。肩が凝り過ぎておつむまで痛くなったそうで、これから参りやす」

与平の女房のおせきが徳市に揉《も》み療治を頼んだらしい。

「そうかい。世話になるね。ようく揉んでやっておくれ」

「あい。お内儀さんは日本橋の坊ちゃんのことで相当に頭を悩ましておるようですね」

「作次がどうかしたのかい」

作次は日本橋の薬種屋「うさぎ屋」に婿入りしていた。

「あ、これは余計なことを」

徳市は慌てた。作次の事情を与平がとっくに承知しているものと思っていたらしい。

「話しておくれ」

「いや、それは……」

「あんたから聞いたとは言わないよ。口を滑《すべ》らせてしまったんだから、もう引っ込みがつかないじゃないか。気になるから話しておくれ」

与平は徳市に話を急《せ》かした。

「本当にお内儀さんには内緒にしておくんなさいよ。日本橋の坊ちゃんは、最近、夫婦仲があまりよろしくないようで、家を空けることが多いそうですよ」

「女ができたってことかい」

「そこまではわかりやせんが、寄合だの、ダチと約束しただのと理由をつけて、夜になると出かけるそうです。毎度外に出かけりゃ銭が要《い》りやす。それで、お内儀さんに無心をすることも多いそうです」

作次はおせきに小遣いの無心をしていたようだ。回が重なると、おせきも心配になり、具合を悪くしたらしい。

「そうかい……」

「そいじゃ、旦那」

徳市はそそくさと与平の背後の通用口から中へ入って行った。与平は明る過ぎる月を見上げてため息をついた。

作次はうさぎ屋の主《あるじ》、伝兵衛《でんべえ》から見込まれて婿入りした。女房のおなかは、家つき娘にしてはおとなしく、よくできた女だった。

この三年、傍目《はため》には、二人はさして問題もなく暮らしているように見えた。それでも作次は婿という立場。何かと気苦労があったことは察せられる。ここに来て、そのうっぷんを晴らすように遊びに駆り立てられているのだろうか。

白い覆いに人影が映った。顔を上げると二十歳《はたち》そこそこのお店者《たなもの》らしい男が立っていた。

「幾らだい」

男はぶっきらぼうに訊いた。

——聞き料のことでございますか。

「ああ。あまり手持ちがないんでね」

——お客様のお志で結構でございます。ご都合が悪ければ無理にはいただきません。

「十六文じゃ馬鹿にしているか。蕎麦《そば》でもあるまいし」

——構いません。

「そ、そうかい。おれはまだ手代の分際なんで小遣いが自由にならねェのよ。恩に着るぜ」

男は安心したように腰掛けに座った。

——こんな時間までお仕事ですか。

「ああ。掛け取りに出たが、もう少し待ってくれの一点張りでな、ほとほと頭を抱えているわな。不景気だから少しは大目に見てェのは山々だが、去年の暮からのツケが溜《た》まっていてどうしようもねェのよ。少し強く言えば、ねェものはねェと、逆に腹を立ててよ、全くやっていられねェ。お店は葬式で銭が掛かったもんだから、少しでもツケを回収したい考えだ。あちら立てれば、こちらが立たぬ……世の中だな」

──さようでございますな。お店で葬式とは、ご隠居様でもお亡くなりになりましたか。

「いいや、隠居じゃねェ。お内儀《かみ》さんよ。それも若旦那に嫁いで、まだ一年にもならねェ十八の若お内儀だ」

男がそれを言いたかったとばかり、薄い唇を舌で湿した。

男は高砂町《たかさごちょう》の紙問屋「井沢屋《いざわや》」の手代だった。

井沢屋は奉書紙からちり紙まで、紙全般を扱う店だった。客も大店《おおだな》から小売りの小間物屋まで様々である。男が回収に苦労するのは小売りの店が多いらしい。井沢屋は紙問屋としては江戸でも老舗《しにせ》だった。

「若お内儀がうちの店に来た時、若旦那の母親はとっくに亡くなっていたのよ。若旦那は男ばかりの四人兄弟の長男だから、父親の旦那も入れて考えると、若お内儀は言わば男所帯に嫁に来たって訳だ。若お内儀は料理茶屋の娘だった。だから愛想はよかったぜ」

──女中さんは置いておりましたか。

「ああ。古参のおまきという三十六の年増《としま》が台所でがんばっていた。幾ら若旦那の女房だからって勝手にさせるもんかってな。それから若お内儀と同じ年ぐらいのが二人ばかりいる。まあ、そっちは大したこともなかった。問題はおまきさんだったな」

──はあ、そうでしょうな。相手が女中とはいえ、若お内儀さんも大変でしたな。

「ところが、若お内儀は結構、気の強いお人で、嫁入りした途端、台所のやり方を自分流に変えちまった。奉公人に喰《く》い物《もの》を辛抱させちゃいけねェってな。飯は腹一杯喰わせろと言った」

──できたお方でしたな。

「ああ。おれ達にはありがたかった。だが、おまきさんにはおもしろくねェ。それで、若い女中を抱き込んで、何かと若お内儀に面当《つらあ》てしていたよ」

──それで、その若お内儀さんは、どうして亡くなられたのですか。

そう訊くと、男は身を乗り出した。今まで人に言いたいのを我慢していたという感じがした。

「聞いてくれ、聞き屋さん。若旦那の母親の十三回忌が営まれたのよ。若お内儀が嫁に来て初めての大きな行事だ。さあ、若お内儀は張り切った。できた嫁と思われたい一心で、ひと月も前から実家の料理茶屋に会食の献立をあれこれと相談していた。そればかりでなく、寺の坊主には幾ら払って、引き出物は何にするとかもよ。おまきさんにはひと言の相談もなしで進めた。おまきさんの怒りは今にも爆発寸前だったらしい。若お内儀は仏頂面《ぶっちょうづら》のおまきさんに、気に入らないだろうけど、自分のやり方をさせていただきますよと先手を打った」

おまきは若お内儀の強引なやり方が腹に据《す》えかねていたが、自分は奉公人の立場。そこをぐっと堪《こら》えた。

法事の当日、若お内儀は朝からくるくると動き回った。菩提寺《ぼだいじ》で法要を済ませると親戚連中を実家の料理茶屋へ案内し、その合間に店へ立ち寄り、おまきにその夜の奉公人の食事のことやら、会食の場所がわからずに井沢屋へ来た客には柳橋《やなぎばし》の実家を教えてやるようにとか、細かく指図した。おまきは相変わらず仏頂面でそれを聞いた。

髪を撫《な》でつけて出かけようとした時、若お内儀は朝から何も食べていないことに気づいた。

会食が始まっても、客に銚子《ちょうし》の酒をお酌して一人ずつ丁寧に挨拶《あいさつ》しなければならない。とても食べている暇はない。腹の虫がぐうっと鳴いては恥をかくというものだった。ちょうど台所には女中達がお八つに買っていた焼き芋があった。

「おいしそう」

独り言が思わず出た。すると、おまきは焼き芋を若お内儀に勧め、親切に茶まで淹《い》れてくれた。

若お内儀は太い焼き芋を一本平らげたという。

「それが命取りになっちまった……」

男は深い吐息をついた。どうして焼き芋が命取りになるのか与平にはわからなかった。

「意味がわからねェかい」

怪訝《けげん》そうな表情の与平に男は訊いた。

――はい。わたしは年のせいか血のめぐりが悪いもので。

「芋喰えばどうなる」

――どうなるって……困りましたなあ。

与平は言葉に窮して小鬢《こびん》を掻《か》いた。

「屁《へ》をひるだろうが」

――あ、これは。そうでしたな。それでは若お内儀さんが？

「ああ。三十人ほど客が集まった広間で、若お内儀は銚子を持って愛想よく客に酌をして回った。それで、ほんのちょっと中腰になった拍子に……やっちまったらしい」

与平は笑いをぐっと堪えた。当人にすれば大変な恥をかいたのだから。

――知らん顔をすることはできなかったのでしょうかな。

「知らん顔ができねェほど、とんでもねェ音を出しちまったらしい」

男は笑うに笑えないという様子で応えた。

――それで、若お内儀さんは？

「大慌てで広間から飛び出し、そのまま厠《かわや》へ向かって……舌を嚙んだ」

――………。

「おれァ、何んだか訳がわからねェ。そんなことで人は自害するのかと思ってよ。だが、若お内儀にすれば手前《てめ》ェのしたことが許せなかったんだろうな。おまきさんだって、まさか若お内儀がそこまでするとは考えてもいなかっただろう。ほんのちょっと困らせてやれぐらいの気持ちだったと思うぜ」

――やり切れないお話ですなあ。これが男だったら笑い話で済まされるのでしょうが。

「そうだな……ま、おれの話はそれで仕舞いだ。さて、帰《け》ェるか」

男は腰を上げた。与平に話をして、すっきりした表情だった。反対に与平の胸は重くなった。

――その後、若旦那はどうなさっておいでですか。

与平は追いすがるように訊いた。

「芋を喰わせたおまきさんを店から追い出した。だが、まだ次の嫁は迎える気になれないようだ」

男は十六文を机にざらりと置くと、「そいじゃな」と言って、小走りに去って行った。

与平はしばらく動けなかった。死んだ若お内儀も、店を追い出された女中も同様に気の毒だった。誰か、その若お内儀の死に理由をつけてほしかった。与平が納得できる理由を。

徳市が揉み療治を終えて出て来たのを潮に、与平もその夜は聞き屋を店仕舞いにした。

二

日本橋通《とおり》二丁目の角地にうさぎ屋はある。

暖簾《のれん》にも、軒行灯にも、うさぎが杵《きね》で餅《もち》を搗《つ》く図柄が入っている。

午前中にうさぎ屋を訪れた与平は主の伝兵衛と女房のおひろに挨拶し、小半刻《こはんとき》ほど世間話をすると、作次を外へ連れ出した。

うさぎ屋の中でできる話ではなかった。与平が訪れたことで作次の女房のおなかは不安そうな顔をしていた。

外に出ると、「少し早いが蕎麦屋にでも行って昼飯にするかい」と与平は訊いた。

「蕎麦屋へ行くと酒が飲みたくなるよ。昼間から酒臭い息をしていたんじゃ、旦那がおかんむりになる。ちょいと知っている所へ行こうよ」

作次は悪戯《いたずら》っぽい顔で言った。作次は日本橋の方向へ歩きながら、ふと目についた「銀月《ぎんげつ》」という団子屋へ入った。小さな店だったが、伊万里《いまり》の大皿に小ぶりの団子がうまそうに積み上げられていた。

「茶受けに団子はどうだい。お父《と》っつぁん、どれが好みかな」

甘いものがさほど好きではない与平は醤油団子《しょうゆだんご》を指差して、

「それを貰《もら》おうか」と応えた。

作次は醤油と胡麻《ごま》、漉《こ》し餡《あん》の団子をそれぞれ十本ずつ包ませた。

「そんなにどうするんだ」

「手土産《てみやげ》さ」

作次は屈託なく応えると、団子の包みを抱えて先を歩いた。

作次に連れて行かれたのは日本橋川の傍にある「舟吉《ふねきち》」という船宿だった。作次が気軽に声を掛けると、お内儀らしい四十がらみの女が現れた。気さくな感じのする女でもあった。

「親父《おやじ》とちょいと話をしたいんだ。二階は空いているかい」

「ええ。まあ、若旦那のお父様でございますか。それでは仁寿堂《にんじゅどう》のご隠居様」

お内儀は畏《かしこ》まって頭を下げた。

「倅《せがれ》がお世話になっております。本日はちょいとお邪魔させていただきます」

与平も如才なく応えた。

「これは、お内儀への土産だよ。銀月の団子だ。おれ達に醤油団子を二、三本持って来てくれ。あ、酒はいらないよ。茶でいい」

作次はそう言って、勝手知ったる家とばかり、ずんずん梯子段《はしごだん》を上がった。

四畳半の小部屋から日本橋川が見えた。川の対岸に廻船問屋《かいせんどいや》の白い土蔵が並んでいる。

「ここへは、しょっちゅう、来るのかい」

与平は部屋のたたずまいを眺めながら訊いた。狭いが、小ざっぱりした部屋である。

「ああ。着替えを置いている。店に戻らずにここから寄合に出かけることも度々だ。家に戻ると旦那とお内儀さんが嫌味を言うんでね」

作次はそう言って、部屋の隅から座蒲団《ざぶとん》を取り上げ、与平に勧めた。

「おれのこと、おっ母《か》さんから聞いたのかい」

作次は上目遣いで与平に訊いた。

「いや、おせきは何も言ってないよ」

「そいじゃ、鯰《なまず》の親分かな」

両国広小路界隈を縄張りにする岡っ引きのことを作次は口にした。

「鯰がお前のことを親身になって心配するものか」

与平は不愉快そうに吐き捨てた。

「そうでもないよ。おれが柳橋で酔っ払っていた時、早く帰ェんなって、駕籠《かご》を頼んでくれたことがあるよ」

「ほう」

「ま、おれのことは、その内、お父っつぁんの耳に入るだろうとは思っていたけどさ」

作次は観念したように苦笑いした。長男の藤助《とうすけ》と三男の富蔵《とみぞう》は与平に似ているが、この作次だけはおせきとうり二つだった。特に笑った表情は引き写しだった。そのせいか、母親思いなのも、他の二人より勝《まさ》っていた。

「おなかと一緒になった時、あいつはまだ十五のねんねだった。夫婦のことなんて何もわからなかったよ。別にそれが不満だった訳じゃないよ。時が経《た》てば、それなりに女房らしくなるとおれは思っていた」

作次は与平が急《せ》かさなくても、自分達の事情を語りだした。舟吉のお内儀が団子と茶を運んで来ると、作次はさりげなく話題を逸《そ》らした。お内儀が「ごゆっくり」と言って下がると、作次は浮かべていた笑みを消した。

「祝言を挙げて一年ほど経った頃から、旦那とお内儀さんは、赤ん坊はまだかと言うようになったのさ」

「おなかちゃんは一人娘だから、早く跡継ぎがほしいんだよ」

与平はうさぎ屋夫婦を庇《かば》う言い方をした。

「だけど、さっぱりその様子がないと、あからさまに、まだかまだかと急かすようになったのさ。猫や鼠《ねずみ》でもあるまいし、そうそう赤ん坊なんて簡単にできるものか」

作次は皮肉な表情で醤油団子を頬張った。

「お、いけるぜ。お父っつぁんも喰った方がいい」

「そうかい。どれどれ」

団子は見た目よりあっさりしていて、与平の口にも合った。

「それでお前は嫌気が差して、うさぎ屋に居つかなくなったという寸法かい」

醬油団子を一本食べると、与平は煎茶《せんちゃ》をひと口飲んで訊いた。

「まあ、それもあるけどさ、三年もおなかに音沙汰《おとさた》がないと、旦那とお内儀さんは、今度はおれに子種がないのじゃないかと疑いを持ち出した」

「まさか」

与平は呆《あき》れた声を上げた。

「本当さ。うさぎ屋はおれを仁寿堂に戻して、新たに婿を探そうと魂胆している。やり切れねェよ、全く。おなかは泣いてばかりだし」

「おなかちゃんはお前と別れたくはないのだね」

「ああ。だが、実の親の言うことなら聞くしかないだろう」

「仁寿堂に戻るかい」

与平は低い声で訊いた。作次の立場を考えると、それしか方法がないと思った。

「いいのかい」

作次は逆に訊き返した。

「粉糠《こぬか》三合あったら婿に行くな、と諺《ことわざ》にもあるよ。もともとわたしは、お前がうさぎ屋へ行くことに賛成していた訳じゃない。伝兵衛さんがどうしてもと言うから渋々、承知したんだ。ただし、本店《ほんだな》は藤助の物だし、茅場町《かやばちょう》の出店《でだな》は富蔵の物だ。両国広小路の床《とこ》見世《みせ》でも借りられるように手を打とう。わたしができるのはそれぐらいだ。お前が床見世から晴れて一軒の店を構えられるかどうかは、お前の才覚次第だ。その覚悟はあるかい」

そう言うと、作次は座蒲団から下りて、深々と頭を下げた。

「お父っつぁん、すまない。このご恩は決して忘れません」

「おやおや、ご大層な挨拶をするよ。だが、夜遊びはきっぱりとやめておくれ。幾ら商売熱心でも遊びで店を潰《つぶ》した者は多いからね」

与平は釘《くぎ》を刺した。作次はぐすっと水洟《みずばな》を啜《すす》り、「あい」と殊勝に応えた。

与平は日本橋川に視線を向けた。川の水は冷たそうな色をしていた。床見世は鮹の長《ちょう》兵衛《べえ》に便宜を計って貰わなければならないと思った。

作次が家に戻ることより、そっちの方が鬱陶《うっとう》しかった。もっとも鮹は礼金が入ることで張り切って世話を焼くだろうが。

三

鯰の長兵衛は与平の申し出を二つ返事で引き受けた。ちょうど、水茶屋《みずぢやや》が並ぶ一郭《いっかく》に手頃なこけら葺きの床見世があるという。葦簀張《よしずば》りの店より雨露が凌《しの》ぎ易いだろうということだった。家主に掛け合って、さっそく事を進めるらしい。

「あんたには、それ相当の礼をするから、なるべく店賃《たなちん》は安くして貰っておくれ」

与平は念を押した。鯰は大家と与平から二重に礼金が入るので上機嫌だった。

作次は身の周りの物だけを持って、その月の晦日《みそか》にひっそりと戻って来た。作次がうさぎ屋へ婿入りする時、それ相当の持参金を持たせたが、作次の遊びの掛かりを理由に、うさぎ屋はその金の返却を拒んだと仲人は伝えた。それには与平より、おせきが大層腹を立てていた。

しかし、喧嘩したところで、うさぎ屋は仁寿堂と同業者である。何かと顔を合わせる機会も多い。与平はおせきと藤助に、話を大きくしないようにと命じた。

作次は張り切っていた。狭い床見世に薬を並べ、道行く人々に声を掛けた。目玉商品は万病に効く仁寿丹《にんじゅたん》。火傷《やけど》切り傷には竜王膏《りゅうおうこう》。血の道など婦人病に効く観音湯《かんのんとう》。その他に耳掻きやちり紙など小間物も置いた。米沢町《よねざわちょう》の本店に入りづらい客も広小路の床見世ならば気軽に手が伸びるらしく、開店した早々から結構な売り上げがあったと、作次は嬉《うれ》しそうに語っていた。

長月《ながつき》に入ると、冷え込みはさらに強まった。

与平は袷《あわせ》の上に被布《ひふ》を羽織り、膝掛《ひざか》けをして聞き屋をするようになった。

「おィ、ご隠居。ご精が出るね」

鯰の長兵衛は機嫌のよい声で与平に声を掛けた。

「その節は、親分には大変お世話になりました。お蔭で倅の道が立ったというものです」

「なあに。しかし、日本橋のうさぎ屋といえども内証《ないしょ》は大変らしいな。次男坊の持参金がふいになったというじゃねェか。おれなら黙っちゃいねェ」

「いや、倅も、うさぎ屋さんには迷惑を掛けましたから、それはもういいんですよ」

「鷹揚《おうよう》なもんだ。床見世の権利金、礼金、暖簾や看板代を入れたら大した掛かりだ。こうっと、安く見積っても六十両か。それを取り戻すとなりゃ、何年も掛かる」

「さようですな。しかし、倅のためなら是非もありません」

「倅のためか……ま、先代の旦那もご隠居のために仁寿堂を守ったんだから、ご隠居も倅のためにひと膚《はだ》脱ぐのは仕方がねェな」

「………」

「おう、ご隠居。そろそろ本当のことを明かさねェか」

置き行灯に照らされて、長兵衛の赤ら顔がさらに赤く見えた。

「何んのことですか」

「神田明神下《かんだみようじんした》の店が火事になって先々代が焼け死んだことだよ。あれはお前《め》ェさんのせいだろう？」

仁寿堂は、元は神田明神下に店があった。火事で焼けてから両国広小路近くの米沢町に越したのだ。先々代とは、その頃の主、為吉《ためきち》のことだった。

「わたしが付け火をしたとでもおっしゃるのですかな」

「そうなのけェ？」

長兵衛は与平の揚げ足を取る。

「火消し連中にお訊きになればいい。あの人達は玄人《くろうと》だ。付け火か、そうでないかぐらい、すぐに見当がつくというものです」

何年、この問題は長兵衛から蒸し返されていることだろう。与平はいい加減、うんざりだった。

「ああ、付け火じゃねェよ。それはわかっている。だが、そこから先は藪《やぶ》の中だ。本店の若お内儀は、確か『に組』の頭《かしら》の娘だったな。火消しの娘を嫁に迎えたのには、訳があるんじゃねェのけェ？　神田明神下の火事の時、に組も助っ人に出て、脇《わき》を固めていたろうが。ご隠居が何かしても握り潰せる隙《すき》はあったはずだ」

「では、親分はわたしが何をしたとお考えですか」

与平は試すように訊いた。

「先々代は財布を取りに戻って火に巻かれた。上等の着物は火の回りも早ェやな。火達磨《ひだるま》になった先々代は助けてくれとご隠居に縋《すが》った。縋った手をご隠居は振り払った。火事の後で、うちの親父は、その財布を探したが、出て来なかった。財布は焼けたとしても、小判や銀貨が落ちていそうなものだ。ご隠居は財布を受け取っただけで、先々代を見殺しにした……どうでェ、おもしれェ理屈だろうが」

「その話、おうのさんにも話したのですね」

おうのとは為吉の女房のことだった。

おうのは為吉の死後、蠟燭問屋《ろうそくといや》に後添えに入った。おうのは為吉の死因を、今頃になって疑問に思っているらしい。吹き込んだのは長兵衛だったのかと与平は俄《にわ》かに合点した。

「いいや。その逆だ。蠟燭問屋の女隠居は、どうも納得できねェから事情を知っている者にもう一度訊《たず》ねてくれと、おれに言ってきたのよ。かれこれ三十年以上も月日が経っている。あのことに拘《こだわ》っていたのはおれだけかと思っていたら、どっこい、そうじゃなかったってことだ。だが、事情を知っている者といっても、残っているのは年寄りばかりだ。他はとっくにお陀仏《だぶつ》よ。どうせ話を訊いたって、まともな答えなんざ、返って来ねェ。だからおれは、直接ご隠居に白状して貰う方法を取っているんだ。ご隠居、向こうの機嫌を損ねるようなことでもしたのけェ？　かなり頭に血を昇らせている様子だったぜ」

長兵衛も、おうのが今頃になって昔のことを調べ直すよう頼んだことが腑《ふ》に落ちない様子だった。

「芝居小屋でうちの奴を見掛けたそうです。うちの奴は、昔、仁寿堂の女中をしておりました。おうのさんの下で働いていたんですよ。おうのさんは向こうに後添えに入ってから、さほど贅沢《ぜいたく》はさせて貰えなかったようで、この間お会いしました時、後添えにゆかず、仁寿堂に留《とど》まっていたらよかったなどとおっしゃいましたよ。どうも、うちの奴が芝居見物をしていたことがおもしろくなかったようです」

「そうけェ、ご隠居のお内儀さんに悋気《りんき》したのけェ。ま、無理もねェな。出店を二つも抱える仁寿堂のお内儀と、今にも傾きそうな蠟燭問屋じゃ比べものにならねェ」

「広小路の店まで出店に加えるのは大袈裟《おおげさ》ですよ」

与平は謙遜《けんそん》して言う。

「並の者にゃ、けちな床見世でも構えるのは容易じゃねェ。ま、仁寿堂はそれだけ、でかくなったってことだ。できるなら、おれだって昔のことを根掘り葉掘り探りたくはねェやな。だが、こいつは岡っ引きの性分でな、見て見ぬ振りができねェのよ。だがご隠居、安心しな。もしも、お前ェさんの仕業が割れたとしても、いまさら奉行所に突き出すつもりはねェからよ。ただ真相を知りてェだけの話だ。だからな、明かしてくれよう」

そら来た、と与平は思った。気を許して打ち明け話でもしようものなら、長兵衛は途端に豹変《ひょうへん》するだろう。仁寿堂に悋気しているのは、おうのの比ではない。法外な口止め料を要求するに決まっている。

「何度もお話ししたように、親分に改めて明かすことはありませんよ」

与平はさらりと言って、机の覆いの皺《しわ》を伸ばした。

「床見世の礼金で口を拭《ぬぐ》ったつもりでいるなよ」

長兵衛は捨《す》て台詞《ぜりふ》を吐いて引き上げた。

長兵衛が去ったのを見届けたように、与平の前に男が立った。

「しばらくだったの」

依田覚之助が笑顔で腰掛けに座った。

「今の男は？」

――土地の親分でございます。

「何かいざこざでもあったのか？　大層高い声を上げておった」

――ちょいと倅のことで頼み事をしたんですよ。それ相当の礼はしたのですが、どうやら不満だったようです。

「欲深な男だ。それでよく岡っ引きをしているものだ」

――なに、岡っ引きなんざ、そうした手合が多いものでございます。

「わしの国許の岡っ引きはできた者が揃《そろ》っておるぞ」

覚之助は幾分、得意そうに言った。

――羨《うらや》ましい限りでございます。依田様、その後、ご縁談の話はどうなりましたでしょうか。

与平は長兵衛の話を端折《はしょ》った。

「わしの名を覚えていてくれたか。これは嬉しい」

――ずっと気になっておりました。実はわたしの次男坊は依田様と同い年でございましたので、なおさらでございます。

「ほう、さようか」

与平は作次の事情をかい摘《つま》んで話した。誰でも、それぞれに悩みがあると言いたかったからだ。

「それは気の毒だのう。次男に生まれついた者は武家であれ、商家であれ、他家に養子に行くのが倣《なら》い。しかし、新たに道を見つけたようで、お前もひと安心というところだな」

――さようでございます。

「わしも……縁談を承知したぞ。いや、以前にお前に励まされたが、どうも気後れしての、わしはもっとよいお家に嫁ぎなされと手紙を書いたのじゃ」

——ご返事はありましたか。

「むろん。たかが痣のために縁談を断るのは承服できぬと、大層勇ましい返事がきた。わしは、たかが痣という文句に心底驚いた。そういうことをはっきり言うた娘はいなかったからだ。仕舞いには……わしの痣が好きだとまでほざいた」

覚之助は自分の言葉がのろけになったと気づくと、照れ隠しのように咳払《せきばら》いをした。

与平は何も言わず覚之助を見つめた。微笑《ほほえ》ましい気持ちだった。

「それでそのう、そこまで言うのならと、この話を承知することにした。来年の三月には国許へ戻る。それから祝言だ」

——おめでとう存じます。

「うむ。お前にも大層世話になった」

——わたしは何もしておりません。

「話を聞いて貰って、気が楽になったのじゃ。お前に会わねば、この話を承知したかどうか」

——ご新造様《しんぞさま》のご期待に添って、どうぞこれからもご精進のほどを。

与平は丁寧に頭を下げた。依田覚之助は以前と同じように一朱を差し出した。少ない金額ではない。だがびっくりするほど多くもない。覚之助の品格を表すように程のよい金額だった。長兵衛から受けた不愉快は覚之助によって払拭《ふっしょく》された。よい晩になったと与平はしみじみ思った。

四

表南茅場町の富蔵の出店には月半ばと晦日近くに訪れる。その時、ひと晩泊まるのだが、女中のおよしの勧めで、そこでも与平は聞き屋をするようになっていた。

作次の床見世も何んとか滞りなく商いが続けられていた。富蔵は自分が一軒家の店を任され、兄である作次が床見世になったことで、幾分、遠慮しているふうがあった。

「こっちを作ちゃんにやるかい？　おれはまだ独り者だし、床見世をやってもいいんだぜ」

そんなことを与平に言った。

「世間体を気にしているのかい。作次はうさぎ屋を出たがっていたんで、床見世だろうが何んだろうが、手前ェの口さえ賄《まかな》えれば満足なんだよ。当分、このままでいいさ。それに結構、売り上げを伸ばしているよ」

「作ちゃん、あれで商売がうまいからね。うさぎ屋に入ってからだって、作ちゃんの顔で新しい客が増えたんだよ。作ちゃんがいなくなったら、客は、よその店に鞍替《くらが》えするだろう」

「うさぎ屋のことはもういい。作次を種馬扱いするのには、わたしもほとほと腹が立ったよ。作次が遊びに走るのも無理はないと思ったものだ」

「息子の肩を持つのは、お父っつぁんも親だね。だけど、義姉《ねえ》さん、これからどうするんだろう」

富蔵はおなかのこれからを心配する。富蔵は何度かうさぎ屋に遊びに行ったことがあり、おなかにはよくして貰ったという。

「作次がいなくなったんだから、新しい婿を店に入れるだろう」

「義姉さん、作ちゃんにぞっこんだった。見ていてよくわかったよ。ふた親と作ちゃんとの板ばさみで、義姉さん、結構、辛《つら》かったと思うぜ」

富蔵はしんみりと言った。そう言われて、与平もおなかの寂し気な顔を思い出していた。

作次可愛さに、おなかの気持ちを考えず、さっさと事を進めた後悔が少しよぎった。こっちに来る途中、銀月に寄り、およしのために団子を買い求めた。およしは大層喜んでいた。晩飯を食べたばかりなのに、およしは団子をぱくついて富蔵を呆れさせた。およしは「甘いものは別腹でございます」と、涼しい顔をしていた。

「大旦那様、そろそろ聞き屋をなさいますか」

およしは遠慮がちに声を掛けた。

「ああ、そうだね。この頃は日が暮れるのが早いんで、何刻《なんどき》なのか見当がつかないよ。全く年だね」

与平は苦笑交じりに応えた。

「刻を忘れ、飯を喰ったのを忘れ、仕舞いにゃ、手前ェを忘れてお陀仏となる」

富蔵は憎まれ口を利いた。その拍子におよしは眼を吊《つ》り上げた。

「何んてことをおっしゃるんですか。仮にもご自分の父親に向かって」

「いいんだよ、およし。こいつは昔からこういう奴なんだ」

与平はおよしをいなした。だが、富蔵も負けてはいなかった。

「お前こそ、主人を主人と思わずに、おれに言いたいことを言ってくれるじゃないか。飯や酒をたらふく喰らってると、仕舞いにゃデブになるとかさ。デブが聞いたら只《ただ》じゃ済まないぜ。試しに裏の大工のかみさんに同じ台詞を喋《しゃべ》ってみろってんだ」

表南茅場町の裏手に住む大工の女房は、なるほど、ぎょっとするほど太っていた。与平は咳《せ》き込むような笑い声を立てた。およしは富蔵を睨《にら》んだが、何も言わず、聞き屋の用意をするために台所へ下がった。

「お父っつぁん……」

およしがいなくなると富蔵は改まった顔をした。

「この頃、女房を貰えと組合の人に言われるんだけどね」

富蔵は皿にのせられた胡麻の団子を手に取った。

「ああ。お前はまだ若いが、一応、店の主だからね。そんな話が出ても不思議じゃないよ」

富蔵は縁談が持ち込まれるのが煩《わずら》わしいのかと思った。まだ二十歳の遊びたい盛りである。

「同じ商売をしている店の娘を迎えるとさ、万一、作ちゃんみたいな事になったら後が面倒だなと思うのよ。いや、作ちゃんのことを聞かされて、ふと考えるようになったんだけどね」

「お前は薬種屋じゃない所から女房を貰いたいのかい」

「ああ」

「それならそれでいいじゃないか。わたしは別に反対しないよ」

「たとえば、その女に面倒を見なけりゃならない親きょうだいがいたとしたらどう思う」

「それも仕方ないね。お前が決めた女なら面倒を見るしかないだろうよ。そんな女がいるのかい」

「まだ相手には打ち明けていないけど」

「何んだ。岡惚《おかぼ》れしているだけかい」

与平はからかうように笑った。富蔵も、ふんと皮肉な笑いを返したが、その後で黙り込んだ。

与平は妙な気分になった。富蔵の相手とは自分の知っている者なのだろうか。ちょっと見当がつかなかったが、およしが、「大旦那様、お仕度ができましたよ」と、声を掛けた時、はたと思い当たった。

「およしかい？」

そう訊くと、富蔵は顔を赤くして肯《うなず》いた。

「そうかい、およしなのかい」

「あたしが何か？」

およしは怪訝な顔で富蔵と与平を交互に見た。

「いや、何んでもないよ。およしはよく気がつくいい娘だと話していたんだよ」

「嘘《うそ》ですよ。若旦那様がそんなことおっしゃるはずがありません。あたしのこと、地黒《じぐろ》だの、豆だぬきだのと悪口ばかりおっしゃるんですよ。大旦那様、少し叱《しか》って下さいまし」

「ああ、叱ってやるともさ。番茶も出花のおよしに、地黒だの、豆だぬきだのと、とんでもない話だ。富蔵、言葉に気をつけなさい」

与平は笑いたいのを堪えて言った。

「番茶も出がらし？」

富蔵はすぐに与平の話に茶々を入れた。

「若旦那様、お口の周りが胡麻だらけで、まるで山賊ですよ。ささ、大旦那様、お客様がお待ちですよ」

およしは富蔵に一矢報いてから、与平を促した。


大工の女房のおくめが最初の客だった。例の太っちょの女である。亭主の愚痴をさんざん並べ立て、さっぱりした顔で帰って行った。与平は富蔵の話を思い出して、途中で何度か噴《ふ》き出しそうになった。それから、町医者らしいのが現れ、与平がしていることは気の病《やまい》の患者に対して医者が手当てをするようなものだと文句を言った。客の懐具合によって聞き料を取らないこともあるので、医者は自分達への営業妨害だと語気荒く詰め寄った。与平には医者の領分を侵《おか》しているという気持ちはない。ただ話を聞くだけだ。

丁寧に事情を説明して、ようやく納得して貰った。

同心の小者をしている男は、朝から晩まで扱《こ》き使われて、ろくに自分の時間もないとこぼした。商家の旦那の世話になっている女は、この頃、旦那が通って来ないことに不安を覚えていた。年も年なので、先行きのことを考えると気が滅入《めい》るらしい。女房に浮気の疑いを持っている男、姑《しゅうとめ》の意地悪をこと細かく説明する若女房。相変わらず、人々の悩みは尽きなかった。

伽羅《きゃら》の香りがしたと感じた時、与平の目の前に紫のお高祖頭巾《こそずきん》の女が座った。どこかで見たような感じの女にも思えたが、与平はなるべく客の顔をじろじろ見ないようにしていたので、すぐには気がつかなかった。女は腰掛けに座ってから、しばらく口を開かなかった。

それもよくあることである。与平は客が自分から話を始めるまで辛抱強く待つ。

与平は女の気持ちを和《やわ》らげるつもりで、足許に置いてある火鉢から鉄瓶を取り上げ、急須《きゅうす》に湯を注いだ。

「お舅《とう》さんがお茶を淹《い》れるところを初めて見ました」

おずおずと言った女に与平はぎょっとなった。

「おなかちゃん……」

お高祖頭巾のせいで、別人のように見えた。だが、黒目がちの大きな瞳《ひとみ》は、まぎれもなくおなかだった。

「その節はご迷惑をお掛けしました」

おなかは慌てて頭を下げた。

「いいや。こちらこそ、作次のせいで、あんたに迷惑を掛けたよ。勘弁しておくれ」

「お舅さん、悪いのはうちの人じゃありません。皆んな、あたしが悪いんです」

おなかは切羽詰まったような声を上げた。

「わたしがここで聞き屋をしていることは知っていたのかい」

「ええ」

「それでわざわざ？ だが、帰りが心配だよ」

「すぐ近所に母方の伯母《おば》がいるんです。うちの人のことがとても贔屓《ひいき》で。それで、伯母の所へ泊まるつもりで出て来ました」

「やあ、それで少し安心したよ。夜道は物騒だからね」

「先月の晦日にうちの人が出て行ったばかりなのに、もうお父っつぁんとおっ母さんは、どうだどうだと縁談を急かすのです。あたし、とてもたまりません」

「わかるよ、あんたの気持ちは」

一人になったおなかが与平には不憫《ふびん》だった。

何んという早合点なことをしたのだろうかと、与平は再び思った。

「どういう訳か、うちは男の子が育たなかったのです。あたしの上に兄が三人いたそうですけど、生まれる前に死んだり、生まれても五つくらいでいけなくなっているんです。あたしがようやく生まれて、お父っつぁんとおっ母さんは心から安心したと思います。

だから、子供の時から、あたしはうさぎ屋を継ぐのだと言われて育ったんです。あたしもそれは納得しておりました。でも、気に入らない相手だったらどうしようと心配していたんですよ」

「作次は気に入ってくれたようだね」

そう訊くと、おなかは子供のようにこくりと肯いた。それから手巾《しゆきん》でそっと眼を拭った。

「だが、もうこうなってしまったんだから、仕方がないよ。あんたは向こうのご両親の勧める人と一緒になりなさい」

「いやです！」

おなかは、その時だけきっぱりと応えた。

「いやだと言ったところで、もうけりはついてしまったのだよ」

「あたしは、うちの人から何も話をされておりません。うちの人はいきなり店を出て行ったんです」

「そうかい、何もあんたに言わなかったのかい。達者で暮らせとも……」

「唇を噛んで、あたしを睨んで、それで逃げるように。あたし、足袋裸足《たびはだし》で後を追いました。うちの人、ものすごい顔で来るなって怒鳴りました。往来で、あたし、声を上げておいおい泣きました……」

「堪忍しておくれ」

与平の声もくぐもった。作次の気持ちもおなかの気持ちも切なかった。

「もう一度だけ、うちの人と話がしたい。お父っつぁんやおっ母さんに言えば、未練だと叱られるけど」

「話をしたらいいよ。三年も一緒にいたんだ。すぐに諦めはつかないだろう。きっと作次も同じ気持ちだろう。作次はね、今、両国広小路に床見世を出して商売をしているよ」

「本当？」

おなかは泣き笑いの顔になった。作次が仕事をしていることで、少し安心したのかも知れない。

「お舅さん。あたし、訪ねて行っていいでしょうか」

「邪険にされてもいいのなら、構わないよ。日中はずっと向こうにいる。いらっしゃい、いらっしゃい、仁寿丹はいかがです？　竜王膏もございます。そこの奥様、血の道には観音湯が効きますよ、なんてね」

ふふ、とおなかは低い声で笑った。「眼に見えるよう」と呟《つぶや》く。

「柔らかい絹物の着物なんざ着ていないよ。縞木綿《しまもめん》に黒い前垂れを締めて、仁寿堂の印半纏《しるしばんてん》を羽織っているよ」

「さぞかし似合っているでしょうね。うちの人、羽織姿は、あまりいただけなかったから」

「ああ。男振りが三分上がって見えるよ」

「ありがとう、お舅さん。これで少し気が楽になりました」

おなかは立ち上がり、深々と頭を下げた。

二人の仲が元に戻るとは思えなかったが、作次と会って話をすることで、おなかが少しでも納得してくれるのならと与平は思った。

おなかの伽羅の香りはしばらく辺りに漂っていた。十五の娘が十八になった。これからという時に二人は別れてしまったのだ。それもこれも周りのせいだ。

与平はその中に自分も含まれていると思う。苦い気持ちだった。

「大旦那様……」

表戸の通用口からおよしが顔を覗《のぞ》かせた。

「ああ、およし。そろそろ仕舞いにするよ」

「そうですか。お銚子、一本、つけましたよ」

「気が利くねえ」

「若旦那様が一緒にお飲みになりたいそうです」

「そうかい……」

「この頃の若旦那様、あまり外にはお出かけになりません。変ですよね」

「大人になったんだろう」

「そうでしょうか。それならよろしいんですけど」

およしは机や腰掛けを運ぶのを手伝った。

「およし、あんたが本当の娘だったらいいのにと、この頃考えるよ」

与平はそんなことを言ってみた。

「あたしも同じです」

「どうだい、富蔵と一緒になったら」

「いやですよ。あたし、難しい人は嫌いなんです」

「富蔵は難しい男かい」

「ええ。大旦那様の息子なのに、人柄はちっとも似ていない。本当に困った人です」

およしの言葉に与平は苦笑した。昔、女房のおせきに、何を考えているのかわからないと言われたことを思い出した。

「寒くなったね。およし、風邪《かぜ》を引くんじゃないよ」

「ありがとうございます。大旦那様こそ、お気をつけて」

およしはふわりと笑った。その顔が可愛かった。

五

神無月《かんなづき》に入ってから陽気のいい日が続いていた。作次は日中、両国広小路で働き、夕方、仁寿堂に戻る。その日の売り上げを帳簿に記すと、晩飯を食べ、仕舞い湯に行く。帰りが少し遅いのは、湯屋の後で居酒屋にでも廻っているからだろう。本店では長男の家族が賑《にぎ》やかである。倖《しあわ》せな兄の家族を見るのは、今の作次には辛いことに違いない。作次はいやなことを忘れようとするかのように商売に励んだ。おなかが表南茅場町に来たと伝えたかったが、作次の顔を見ると与平はどうしても言えなかった。作次は、家の中では明るく振る舞っている。無理をしていると思う。そんな作次におなかのことを伝えるのは酷のような気がした。

うさぎ屋を出た作次をおなかは追い掛けたという。来るなと怒鳴った作次の胸中はいかばかりであったろう。それを思い出すと、与平はたまらない気持ちだった。

たまには作次と外で飯を喰うかと思った与平はおせきにそのことを伝え、店が終わる夕方に広小路へ出かけた。

茜色《あかねいろ》の夕焼けが眩《まぶ》しかった。この様子では、明日も天気になるだろうと思った。作次の床見世は両国橋の左袖にあり、後ろは大川に面している。

広小路は店仕舞いする時刻で、それぞれに葦簀で店の前を覆い、荒縄で縛ったりして後始末をしている所が多かった。だが、作次の店はまだ暖簾を引っ込めてもいなかった。

(ご精が出るね。だが、もう仕舞いにして飯を喰いに行こう。鰻《うなぎ》がいいかい? それとも鍋物《なべもの》にでもしようか)

そんな言葉を用意して、与平はいそいそと床見世に近づいた。

「帰れ!」

突然、中から作次の甲走《かんばし》った声が聞こえ、与平は、ぎょっとした。慌てて物陰に身を寄せると、作次がおなかを外へ押し出すのが見えた。おなかは決心して作次を訪れたのだ。

だが、このていたらく。おなかの立つ瀬も浮かぶ瀬もなかった。外に押し出されても、おなかは気丈に中へ戻る。作次はまた怒鳴った。

「あたし、死ぬ。いいのね、それでも」

おなかは脅《おど》すように言った。そんな言葉を吐く娘とは、今まで与平は思ったこともない。通り過ぎる者も怪訝な眼で二人を見ていた。

「勝手にしろ。商売の邪魔になる。帰れ」

「よそは店仕舞いしている。お前さんだってそうだろ? あたし、邪魔なんてするもんか」

「うるさい！」

「そう、話も聞いてくれないつもりね。あたしがどうなろうと、お前さんの知ったことじゃないって訳ね。明日、土左衛門《どざえもん》になったあたしを見ても、お前さんは何も感じないのね。わかった、ようくわかった。あたしは他の男を亭主にするぐらいなら死んだ方がましなのよ。それなのに、お前さんはあたしの気持ちをわかってくれない。冷たい男だ。まるで氷室《ひむろ》のよう。夏になっても、この店は、さぞかし涼しいでしょうよ……さよなら。お前さん、これで本当におさらばね」

おなかは手で口を覆い、床見世に背を向けた。「ああ」と与平にため息が出た。何をどうしてよいのかわからなかった。

だが、次の瞬間、作次は外に出て「おなか」と呼んだ。おなかはびくっと身体を震わせ、恐る恐る振り返った。

「知らないぜ、どうなっても……」

自棄《やけ》のような言葉が作次から出た。おなかは胸に手を当てて息を調《ととの》えている。喜びで心《しん》ノ臓《ぞう》が激しく鳴っているのだろう。

おなかはゆっくりと作次に近づいた。作次はそこで初めて笑った。笑った作次におなかは縋りついた。そして声を上げて泣いた。

道行く人々は驚いた顔で足を止める。

「あーあ、やってられねェぜ。往来でよう」

そんな言葉も聞こえた。だが、二人には何も聞こえないだろう。与平は踵《きびす》を返した。

これでよかったと思う一方、うさぎ屋のことが与平に重くのし掛かる。与平は空を仰いだ。暮れなずむ空に一番星が鈍く光っていた。

（だけど、別れたくないって言うんだから、仕方がないじゃないか。わたしにどうしろとおっしゃる）

うさぎ屋伝兵衛に応える言葉を与平は早くも考えていた。ぼんやりと空を見つめて佇《たたず》む与平の傍を人が通る。辻駕籠が通る。天秤棒《てんびんぼう》を担いだ物売りが通る。江戸随一の繁華街、両国広小路の雑踏は与平の思惑に構わず、いつもの表情を見せていた。たとい、与平の命が尽きても、その風景は変わらず続くだろう。

「つまらん」

与平は独り言を呟き、仁寿堂に歩みを進めた。

魚族《いろくず》の夜空

一

幕府小普請組《こぶしんぐみ》、村椿五郎太《むらつばきごろうた》が湯島の昌平坂学問所の教授、大沢紫舟《ししゅう》に呼び留められたのは、毎月の小普請組に割り当てられている講義を終えた後のことだった。

大川の川開きも近いというその日は陽射《ひざ》しも、めっきり夏めいて感じられた。

小普請組の講義は毎月九のつく日と決められていて、その日は朝夕とも都合のよい時間を選んで講義を受けることができる。

学問所の講義は身分と学力によって三つに分けられる。一つは「仰高門日講《ぎようこうもん》」と言って、学問所の南の通りに面している仰高門を入ってすぐ右手にある東舎で行われるものである。

朝の五つ半（午前九時）から九つ（正午）まで講義があった。この講義は陪臣、浪人の他に農民、町人にも広く聴講が許されている。それは幕府の学問奨励策の一つでもあったのだろう。

その他に「御座敷講義」と「稽古所講義《けいこじょ》」がある。この二つは東舎ではなく、学問所本屋《ほんおく》の座敷で行われた。御座敷講義は旗本、御家人、まれに大名の嫡男《ちゃくなん》以下も出席して、町人や農民は講義が受けられない。この御座敷講義は最も人数が多いので、日を決めて調整されている。

小普請組は九のつく日だが、四の日の朝は小姓組、御腰物方。夕は御書院番、御納戸《おなんど》番。七の日の朝は大御番《ごばん》。夕は新御番、小十人組となっている。稽古所講義は毎月の一、六の日で、こちらは主に寄宿生のためのものだった。

村椿五郎太は両国広小路《ひろこうじ》の水茶屋で代書の内職をしているので、御座敷講義はいつも朝に出席していた。講義には普段でも羽織袴《はおりはかま》に威儀を正さなければならない。正月になると熨斗目《のしめ》、麻裃《あさがみしも》の正装である。なかなか折り目正しいものだった。

五郎太は学問所の「初学《しょがく》」の課程に達しているが、その先の「諸会業《しょかいぎょう》」には進めずにいた。諸会業に達しなければ翌年の一月に行われる「学問吟味」は受けられないのだ。学問吟味でも突破しなければ小普請組の者に御番入りなど巡って来ない。この春の進級試験にも五郎太は失敗していた。残りの機会は秋の試験だけである。それを逃すと、御番入りの夢がまた遠くなる。学問吟味は三年に一度しか行われなかったからだ。

五郎太は何んとしてでも学問吟味を突破して御番入りを叶《かな》えたいと密《ひそ》かに考えていた。朝の生徒が帰って、からんとなった座敷は妙に広く感じられた。学問所は湯島聖堂の敷地一万一千六百坪の内の四千坪が充《あ》てられている。その四千坪は寛政十一年（一七九九）の修復工事の際に拡張されたものだという。

学問所の威容を誇る建物もさることながら、好学の士が集《つど》うという、一種独特の緊張した空気が五郎太は好きだった。学問は難解だが、それが一つでも理解できた時は限りない喜びを感じた。五郎太は決して自分を学問が嫌いな人間ではないと思っている。

大沢紫舟は長机の前に畏《かしこ》まって座っている五郎太に茶を勧めてから口を開いた。

「最近は熱心に勉強されているようで、まことに感心であります」

紫舟は温顔をほころばせた。すっかり白くなった総髪はきれいに撫《な》でつけられ、鶴《つる》のように細い身体《からだ》に羊羹色《ようかんいろ》に褪《さ》めた紋付を纏《まと》っている。しかし、齢《よわい》六十になる紫舟は年に似合わず若々しい声を出す。五郎太は紫舟の言葉に嬉《うれ》しそうに眼をしばたたいた。目玉、目玉と渾名《あだな》で呼ばれるほどの大きな眼である。気持ちの変化はすぐに、その眼に表れた。紫舟にとって五郎太はわかりやすい生徒でもあっただろう。

「何か格別の心境の変化でもありましたかな」

紫舟は悪戯《いたずら》っぽい表情で訊《き》いた。

「いや、特には……ただ、拙者、手習い所の師匠だった方が引っ越しなさる際、学問の本をずい分、譲り受けました。それから勉強がやりやすくなったのは事実でございまするが」

五郎太は国許《くにもと》に戻った手習い所の師匠、橘和多利《たちばなわたり》から相当の数の本を貰《もら》っていた。その中には五郎太が逆立ちしても手に入れることができない高価本も何冊かあった。

「おぬしはよい師匠をお持ちだ。師匠も、おぬしに、見どころがあると信じてそうされたのであろう。わしはおぬしの師匠の気持ちが、よっくわかります。おぬしの学問に向かう姿勢には好感を持っております」

「畏《おそ》れ入ります」

紫舟の褒《ほ》め言葉に五郎太の尻《しり》の辺りがもぞもぞとなった。褒め言葉に五郎太は慣れていない。

「大試業《だいしぎょう》（進級試験）はまことに惜しいところで落第しました」

しかし、紫舟はすぐに続けた。褒め言葉の時も、胸にぐさりとこたえる言葉の時も、紫舟の表情にさほど変化はない。常に平常心でものを言う男である。

「まだまだ深い理解が足りぬ。上《うわ》っ面《つら》をなぞっているに過ぎぬ。わしにはそれが歯がゆくてならぬので、こうしておぬしを呼んだのであります」

「はい、お気に留めていただいただけでも拙者、恐縮でございまする」

五郎太は畏まって頭を下げた。

「左伝、史記、漢書《かんじょ》、さらに蒙求《もうぎゅう》、十八史略。おぬしには、さほど手に余る学問とは思われぬ。滔々《とうとう》と素読《そどく》する様子を見れば、これはなかなかの者と誰もが思うはずなのに、いざ弁書《べんしょ》（答案）に書くとなると、これが全くのお粗末で……だいたい、文章が何やら手紙風、それも付け文のように怪《あや》し気《げ》なのが気になります」

そう言われて五郎太は、どっと冷や汗が噴き出たような心地がした。内職の悪影響が弁書に出ているのかと思った。自分では少しも気づかなかった。

「手紙を頻繁にお書きになるのですかな」

紫舟は無邪気に訊く。

「いや……しかし、代書の内職をしておりますので」

「ほうほう、代書屋をのう。それは、あれですか、付け文のような類《たぐい》も含まれるのですか」

紫舟は畳み掛ける。

「はい、時には」

五郎太は身の置き所もなく首を縮めた。

「まあ、暮しのためにはやむを得ないこととは思いますが、それとこれとは別であります。学問をする時には、けじめをつけなければなりません。よろしいですかな」

「はい、おっしゃる通りだと思いまする」

素直な五郎太の応《こた》えに紫舟は満足そうに肯《うなず》いた。

「とにかく、秋の大試業には是非とも合格して諸会業に達していただきたい。さすれば来年の学問吟味を受ける資格が得られます」

　学問吟味という言葉に五郎太は、すっと背筋が伸びる思いがした。

「先生、そのことで拙者、お訊《たず》ねしたいことがございます」

　五郎太は大きな眼をさらに剝《む》くようにして紫舟を見つめた。紫舟はその目線にたじろいだように自分の眼をしばたたき「ほう、どのような」と訊いた。

「拙者のような者でも、果たして学問吟味を突破することが可能でしょうか」

「それはおぬしの努力次第だと思います」

「おざなりなことをおっしゃらないで下さい。先生の眼からごらんになって、拙者にその可能性があるのかどうかをお訊ねしておるのです」

　紫舟は、むむと口ごもった。

「拙者は小普請組でありますれば、学問吟味でも突破しない限り御番入りは叶いませぬ。拙者を推薦できるような力のある親戚《しんせき》もおりませぬゆえ……しかし、ひと口に学問吟味と申しましても拙者には雲を摑《つか》むような話で、最近は途方に暮れるような気持ちでおります」

　御番入りが叶わなければ幼なじみの紀乃《きの》と一緒になることもできない。五郎太は縋《すが》るような思いで紫舟に言った。

「おぬしの手習い所の師匠はどうですかな？　学問吟味は受けられた方ですか」

「はい。立派に通られて備前岡山藩の藩儒に抱えられました」

「わしも一応は通った口です」

紫舟はあっさりと応えた。その口吻《こうふん》に得意気なものはなかった。五郎太には、ひどく事務的に聞こえた。

「学問吟味は運の問題もありましょう。わしも昔は勉強に飽《あ》いて、もう嫌やだと自棄《やけ》になったことがあります。その時、わしの母親は学問吟味は運のものだから一心不乱に学んだところで希望が叶えられないこともある、『運は天にあり、牡丹餅《ぼたもち》は棚にあり』ぐらいの気持ちで臨《のぞ》めばよいのだと申しました。仮にそれが通らなかったからといって人生はおしまいではない、別の道がある、とな。わしは母親の言葉でいっぺんに気が楽になったのです」

「運は天にあり、牡丹餅は棚にあり……なるほど先生のお母上はうまいことをおっしゃいます。棚から牡丹餅とは、そこから来ているのでしょうな」

「さあ、それはどうですかな。年寄りは諺《ことわざ》を持ち出すことが多いですから、よくわかりません」

紫舟は自信のなさそうな顔で笑った。

「しかし、運まかせばかりではいけません。とにかく、やるだけのことをやって、それで駄目なら仕方がない。その時はその時です。よろしいですかな」

紫舟は笑顔を消して少し厳しい表情で言い添えた。

「はい、先生のお言葉、よっく肝に銘じます」

「よしよし。まあ、とりあえず秋の大試業には是非とも合格するように。それが通らなければ、学問吟味もへったくれもありません。目の前のことから確実に片づけていくことです。わしの話はそれだけです。ささ、気をつけて帰られよ」

紫舟はそう言うと、もう五郎太の方は見向きもせず、さっさと湯呑《ゆのみ》を盆にのせて水屋の方へ行ってしまった。ろくに帰りの挨拶《あいさつ》もできなかった。

五郎太は勉強道具の入った風呂敷《ふろしき》包みを抱えて座敷を出た。

玄関に向かう廊下を歩いて行くと、同じ小普請組の荒川伊織《あらかわいおり》が柱に凭《もた》れて五郎太を待っていた。

「何んだ、先に帰っていいと言ったはずだぞ」

五郎太は少し煩《わずら》わしい気持ちで伊織に言った。伊織は五郎太と同い年である。毎月の小普請組の逢対日《あいたいび》に顔を合わせる内、親しく言葉を交わすようになったのだ。逢対日は小普請の組頭が自宅で閑居している組衆と面会して希望を聞く日である。役職に欠員が出た時に推薦される仕組みになっていたが、なかなか思うように欠員など出なかった。

伊織は体格のよい男である。学問よりも剣術の方に見るべきものがある。しかし、剣術の腕は、この泰平の世の中ではあまり必要とされず、彼は日本橋の呉服屋で帳簿付けの内職をしていた。

「大沢先生がおぬしにどのような話をされるのか気になっての」

伊織は気後れした顔で言った。伊織は、嘘《うそ》をつかない男である。取り繕《つくろ》うようなことも言い訳もしない。五郎太は伊織の男らしい性格に好感は持っていたが、時々、その単刀直入さが癇《かん》に障《さわ》ることもあった。

「なあに、もっと勉強しなければ諸会業には進めぬとのお小言よ」

「いいのう、大沢先生に直接、お小言をちょうだいするとは……おれには何も言わぬ」

伊織は羨《うらや》ましそうに言った。伊織は講義の途中でいねむりをしていることが多い。紫舟でなくても、そんな伊織にもっと励めとは誰も言いたくないだろう。

「それで、他に役職に推薦して下さるような話にはならなかったのだな」

伊織は疑わしそうである。伊織は五郎太が自分を差し置いて御番入りになることを恐れているようだ。

「まさか。先生は学問一筋の方で、生徒の御番入りの便を図るようなことはしないよ」

「それでもご公儀のお偉いさんに、誰ぞ見どころのある奴《やつ》はおらぬかと訊かれた時、おぬしの名前が出ないとも限らぬ」

「伊織、そこまで気にするのなら、もっと講義に身を入れたらどうなんだ。いねむりばかりしおって……」

「おれはどうも子、曰《しのたまわ》くを聞くと眠気が差す質《たち》でのう」

「何言いやがる」

軽口を叩《たた》き合いながら玄関に来ると履物を突っ掛けて外に出た。すると木戸門の所で生徒が背の高い男を取り囲んでいるのが見えた。男は年の頃、三十三、四だろうか。夕方の講義のために外から通って来る教授の一人のようだが、五郎太には見覚えのない顔だった。夕方の生徒は早目に学問所に来てその教授を待ち構え、質問を浴びせているようだ。

「伊織、あれは誰だ?」

五郎太は小声で伊織に訊いた。伊織はふん、と小馬鹿《こばか》にしたように鼻を鳴らした。伊織は男前であるが、時々、人を見下したような表情をする。その顔で男前は三分《ぶ》下がるのだが、本人は気づいていない。

「諸会業で天文地理を教えている二階堂秀遠《にかいどうひでとお》先生だ。天文方の役人だが、請《こ》われて学問所に教えに来ている。大層おもしろい講義をすると評判だ。ほれ、五郎太、人気のある者は芝居の役者に限らず贔屓《ひいき》が騒ぐわ」

五郎太は伊織と肩を並べて歩きながら二階堂秀遠の横顔をそっと窺《うかが》った。生徒に囲まれていながら、首一つも大きいので表情がよくわかった。近くに行くと体格のよさが際《きわ》立《だ》って感じられた。これは天文方の勉強だけではなく、何か身体を鍛えて来たからだろうと五郎太は思った。濃い眉《まゆ》の下に真摯《しんし》な眼があった。唇は少し大きく厚い。他の教授達とは印象が違って感じられた。年齢が他の教授達より格別に若かったせいもあろう。他の教授達の傍《そば》を通る時、秀遠はふっと五郎太達の方を見た。五郎太は慌《あわ》てて頭を下げた。笑った口《くち》許《もと》から丈夫そうな歯が見えた。五郎太はなぜか胸の動悸《どうき》を覚えた。

もしも、諸会業へ首尾よく進んだ暁には、目の前の二階堂秀遠の講義も受けられる。

天文地理は未知の学問である。

未知の学問に対する憧憬《どうけい》が五郎太を興奮させていたのかも知れない。

二

両国広小路に着いた時は八つ半（午後三時頃）を過ぎていた。大沢紫舟と話をした後、伊織と蕎麦《そば》を食べたので、いつもより遅くなった。水茶屋「ほおずき」の主《あるじ》の伝助《でんすけ》は口にこそ出さなかったが、少し不機嫌な顔をして、たまった手紙の用事を急《せ》かした。

五郎太は羽織を脱ぐと文机《ふづくえ》に向かい、さっそく代書の内職に掛かった。

両国広小路は相変わらず人の往来が多い。

近くの小屋掛けの芝居小屋の呼び込みや楊弓場《ようきゅうば》の女が太鼓を打ち鳴らして「当たり

い！」と甲高い声を上げるのが聞こえて来る。両国広小路の喧噪《けんそう》は、学問所とあまりにも違っていた。しかし、五郎太はその二つを違和感なく今では受け入れている。そんな自分を時々不思議に思うこともあったが。

薬種屋の息子が吉原《よしわら》の花魁《おいらん》に宛《あ》てる艶《つや》っぽい手紙、商家の小僧が母親に近況を知らせるもの、小屋掛け芝居の役者に出すもの、口は達者だが字を書くのは苦手の床見世《とこみせ》の主が寄合に出席できない旨《むね》を丁重に断るもの。皆、五郎太の贔屓の客で、あれこれ仔細《しさい》を訊《たず》ねなくても要領がわかっている。さらさらと仕事を片づけた五郎太だったが、最後の一つになった時、ぐっと詰まった。初めての客である。父親が家出した息子に宛てたものらしいが、どうも内容が摑《つか》めなかった。伝助の下手糞《へたくそ》な書き付けのせいもあった。

「おい、伝助。新しい客の手紙なんだが、よくわからないぜ。どういうことよ」

五郎太は茶釜《ちゃがま》を磨いている伝助に声を張り上げた。

「おれもよくわかんないよ」

伝助は手を止めて他人事《ひとごと》のように応えた。

「いい加減な奴《やつ》だなあ」

五郎太が口を尖《とが》らすと伝助は文机の傍までやって来た。伝助は季節柄、薄い単衣《ひとえ》に黒い襷《たすき》を着け、藍染《あいぞ》めの前垂れを締めていた。珍しく、まともな形《なり》である。いつもは女柄の半纏《はんてん》を羽織ったり、どぎつい色の襦袢《じゅばん》の裾《すそ》をちらつかせたりする男である。

水茶屋「ほおずき」は三人の茶酌女《ちゃくみむすめ》を雇っていた。三人とも美人揃《ぞろ》いである。その女を目当ての客が引きも切らない。今も、ひと仕事終えた商家の手代らしいのが冷えた麦《むぎ》湯《ゆ》を口にしながら女達に脂下《やにさが》った眼を向けていた。

「この二、三日、顔を出していた客さ。ほら、ごろちゃんが手紙を書いているのをじっと見ていた爺《じい》さんがいたろ？」

「ああ」

五郎太はそう言われて床几《しょうぎ》に半刻《はんとき》も座っていた白髪頭の老人の顔を思い浮かべた。その白髪の後れ毛が大川の川風に頼りな気に靡《なび》いていた。何やら思い詰めていた様子が気にはなっていたが。

「詳しい話を訊《き》いたのかい」

「あんまし……ごろちゃんが客の代書をしているのを見て、手紙を届けてくれるのかと訊いたからさ、へい、うちは文茶屋《ふみぢゃや》と呼ばれておりますと言ったのさ。ああ、おきたが相手をしたから……おきた、おきた」

伝助は茜襷《あかねだすき》に前垂れのおきたを呼んだ。おきたは葦簀《よしず》の傍に陽射《ひざ》しを避けるように立っていた。

「あい」

甲高い返事をして、おきたはやって来た。

十八歳である。色白の顔に大きな眼、地蔵眉《まゆ》、細い鼻、おちょぼ口、すらりとした身体《からだ》で非のうちどころがない。おきたは伝助の女房であるおしゅんの親戚《しんせき》の娘だった。

「爺さんの客が、ごろちゃんのいない時に手紙を頼んだだろ？　お前、詳しい話を聞いたよね」

「ええ……あのお客さんは江戸のお人ではないんですよ。息子さんが二人いたけれど、一人は死んで、一人は家出してしまって、今はひとりぼっちで暮しているんですって。家出した息子さんを当てにするつもりはないそうですけど、でも、お迎えが近い年になると……去年、本卦還《ほんけがえ》りしたとかおっしゃっていました。だから、その息子さんがいるという江戸に出て来て町の様子が見たくなったんだそうです」

おきたは幾分、気の毒そうな顔を五郎太に向けて言った。

「その家出した息子の居所は、はっきり聞いたのかい。浅草の片町裏通り、二階家って書いているけど……」

伝助の書き付けにはそう書いてある。五郎太は念のためにもう一度訊いた。

「ええ、そうおっしゃいましたよ」

「二階のある家なんざ、幾らでもあるじゃないか」

五郎太は苛々《いらいら》して、おきたにとも伝助にともつかずに言った。

「あのお客さん、お国訛《なま》りがあって、それに声が低いからよく聞き取れませんでしたよ。

お耳も少し遠いようで……」

おきたは自信のない顔で言った。

「すで吉って言っていたよな、爺さんの息子の名前」

伝助もおきたに確認してから言う。

「すで吉なんてあるかよ……捨吉かなあ」

五郎太は書き付けを見ながら思案した。

「そうかも知れない」

「だけど、そのすで吉の隣りのふで吉って誰のことだよ」

「だから、死んだ息子がふで吉で、家出した息子がすで吉なのさ……あれ？　訳がわかんなくなったよ」

「旦那《だんな》さん、亡《な》くなったのが、すで吉さんで、家出したのがふで吉さんじゃなかったですか？」

おきたも混乱した様子である。

「おい！」

五郎太は呆《あき》れて不機嫌な声を出した。おきたは客が入って来たのを潮に、そそくさとその場を離れた。彦六《ひころく》が、その時になってようやく「ふで吉が死んだ息子で、すで吉が家出した方でさァ。なあに、浅草のその辺りに行って近所に当たればわかると思いやすよ」と、あっさり言った。彦六は手紙の配達のために雇っている男だった。

「よくわからぬが仕方がない……どれ、やるか」

五郎太は独り言のように呟《つぶや》いて文机に向き直った。

年老いて独りぼっちになった老人の気持ちはよくわかった。五郎太はそれを慮《おもんぱか》って、少し堅い手紙を書くべく筆を執《と》っていた。


「拝啓、すで吉殿。

貴殿が国を出《いで》て十有余年を数え候《そうろう》。父は昨年、ふで吉の三回忌を済ませ候。貴殿、恙《つつが》なくお勤めに励んでいるとお察し候えども、音信、これまたなく、貴殿の安否を常々案じおり候。しかるに父も寄る年波には勝てず、還暦を過ぎたる上はいよいよ心細く、ひと目、貴殿の顔を拝みたく、また言葉など交わしたく念じおり候。貴殿があこがれ、めざした江戸なる町、冥土《めいど》の土産に一度見んとして、老骨に鞭打《むちう》つ心で国から出て参り候。

貴殿、浅草の片町裏通りの二階家に住むとの噂《うわさ》を聞き候えども、江戸を知らぬ身には浅草も片町も存じござなく候。しかるに、足を留めし文茶屋にて、手紙の御用申し受けるとのことに、父は嬉《うれ》しく、さっそく御用を申しつけるものなり。その節に過分の祝儀《しゅうぎ》も弾み、きっときっと貴殿の許《もと》に父の手紙が届けられること願いおり候。

今更、父は貴殿を恨む気持ちさらさらなく、国に戻れの言葉も申し上げる所存なく、ただひと目、貴殿の達者の様子を知ることより他に望みはなく、老いた父を哀れとおぼし召すならば、返信などいただきたく、伏してお願い申し上げ候。

すで吉殿

父より」

書き終えて、五郎太は少し長い吐息をついた。

父親と確執ができて家出する息子の話はよく聞くことである。反目する息子は父親に激しい言葉を浴びせ、父親も激怒する。出て行け、ああ、出て行くとも。二度と戻って来るな。言われなくてもわかっている。こんな所はたくさんだ――売り言葉に買い言葉の勢いで家出するが、世の中はそうそう、うまく行くものではない。その息子は親がいたならしなくてもいい苦労をしたはずである。そして父親も片腕をもぎ取られたような痛みと寂しさを感じながら過ごす。

これが同じ町内で起こったことなら、その内に和解する機会も訪れて来ようというものだが、遠く離れた土地では、おいそれと叶《かな》わない。

しかし、と五郎太は思った。反目していても父親が生きているということは、子にとって心強いことではないか。自分に父はいない。反抗する年頃になるまで父親は生きていてくれなかった。

「五郎太、さように意地になって勉強することはない。ぼちぼちやればよいのだ。無理をするな。無理をして死ぬ奴もいる」

生前、五郎太の父親は呑気《のんき》にそんなことばかり言っていた。無理をしなかったはずなのに父親は病で死んだ。生涯を小普請組で終えた父親の胸中はいかばかりであったろうと今なら思う。

「親父《おやじ》が生きている奴はいいよね」

筆を置いて物思いに耽《ふけ》っている五郎太に伝助は気持ちを察したように、ぽつりと言った。伝助の父親もすでに亡くなっていた。

「うん……」

五郎太は素直に相槌《あいづち》を打った。

「おれさあ、今、わりかし商売がうまく行っているだろ？　親父が生きていたら小遣いぐらいやりたかったよ」

伝助はしみじみした口調で続けた。

「お前は悪たれ口ばかり利《き》いて、親父さんを怒らせていたからな」

「ごろちゃんだって、お父《と》っつぁんが生きていたら、俵《たわら》の娘との縁談は案外、すんなり纏《まと》まったと思うよ」

「そうかな」

「そりゃそうさ。ごろちゃんのお袋が幾らしっかり者でも所詮《しょせん》、女だからさ、いざという時には弱いよ。俵の親父も自然甘く見るんだ」

「どうもあの親父は虫が好かぬ。小母《おば》さんも兄貴もおれにはよくしてくれるが、あの親父だけは、おれを見下すような態度をする」

「早くさあ、学問所の試験を通って、あっと言わせてやりなよ」

「そうは言ってもなあ……」

「あれっ？　妙に弱気じゃないの。どうしたの」

伝助は茶釜を磨く手を止めて上目遣いで五郎太を見た。茶釜は顔が映るほどぴかぴかである。伝助は顔に似合わず神経質なところがあって、店のたたずまいにも清潔を心掛ける。配達の用のない時、彦六には店前の掃除を喧《やかま》しく命じていた。

「自信がないのさ」

五郎太はあっさりと言って手紙の束を彦六に渡した。

彦六は手紙の束をこよりで括《くく》ると懐《ふところ》に入れ「そいじゃ、行って参りやす」と、足取りも軽く、ほおずきを出て行った。

「自信がないって、それどういうこと？　おかしいこと言うじゃないの。俵の娘と所帯を持つために、ごろちゃんは頑張っているんでしょ？」

彦六の姿が通りから見えなくなると伝助は五郎太に言った。確かに五郎太は紀乃のために励んでいる。しかし、御番入りが叶わないとしたら紀乃を諦《あきら》めなければならない図式にもなるのだ。紀乃が幾ら他家には嫁がないと頑張っても、父親がうんと言わなければ婚姻は難しい。

紀乃の父親の俵平太夫《へいだゆう》は表向き、御番入りさえ叶えば翌日にでも紀乃を五郎太に嫁がせると言っていた。しかし、内心では、それが不可能なことだと思っているのだ。平太夫は紀乃と五郎太を徒《いたず》らに接触させないために、紀乃を小石川の妹の所に行かせていた。妹の亭主は町医者をしている。人手が足らないので手伝わせているという理由であった。紀乃からは時々、ほおずきに手紙が届いた。五郎太は母親の里江《さとえ》の名で返信している。

「どうもおれには無理なことに思えて仕方がないのだ」

「あの娘と駆け落ちしたら？」

伝助は呑気に言う。五郎太は苦笑した。

「同じ町内で駆け落ちかい。すぐに連れ戻されるのが関の山だ。親父の許しがなけりゃ一緒になることはできないよ」

「お武家さんって、そういうところが面倒だよね。諦めないでもう少し頑張ったら？おれ、多少のことなら応援するから」

「今だって学問所の講義のある日は黙って行かせてくれるじゃないか。これ以上、お前に迷惑は掛けられないよ。お前にはおしゅんさんも子供達もいることだし、おれのことはいいから……」

「そんなごろちゃん、おれ嫌やだよ。おれ達、兄弟みたいなもんだろ？　水臭い言い方しないでよ」

伝助の口吻《こうふん》には苛々したものがあった。伝助の気持ちは心底ありがたいと思うが、それに応《こた》える術《すべ》が五郎太にはなかった。諸会業への進級試験にじたばたしているのに、その先の学問吟味など、夢のまた夢に思えた。大沢紫舟はとりあえず、目の前のことから片づけろと言った。五郎太も先のことを考えまいとするのだが、やはり無理だった。

「ごろちゃん……」

伝助は唇を噛《か》み締めてから思い切って口を開いた。

「俵の娘のことだけど、どうしてもあの娘じゃなきゃ駄目かい」

「何が言いたい」

五郎太はぐっと強い視線で伝助を見た。

「諦めることはできないかと訊いているのさ」

「……」

「ごろちゃんにやる気を起こさせているのは、あの娘だけれど、足を引っ張っているのも、あの娘じゃないの。あの娘にいい恰好《かっこう》したいためにごろちゃんは無理をしているような気がするのよ」

「……」

五郎太は、しばらく黙ったままだったが、やがて深い吐息をついて「そうかも知れぬ」と低い声で呟いた。伝助の言うことは図星であった。

「俵の親父はごろちゃんに娘をやりたくないって言ってるんだから、いっそ、さっぱり諦めたらどうなの。ごろちゃんの所へ心から喜んで娘をやりたい親だっているはずだよ」

「しかし……紀乃殿はおれ以外の所には嫁がぬと言うておる」

紀乃と五郎太の気持ちは今や一つである。この気持ちを五郎太は大事にしたかった。

「今だけよ。親に対して意地になっているのよ。他所《よそ》に嫁に行った暁にゃ、案外、涼しい顔で人の女房に収まっているんだから。女なんてね、結構、いけ図々《ずうずう》しいところがあるのよ」

その日の伝助は妙に小意地の悪い言い方をすると思った。

「おしゅんさんもそうか」

五郎太が訊くと、伝助はふん、と鼻先で笑った。

「おしゅんだって好《す》いた男の一人や二人、いただろうさ。だけど、喰って行けるかどうかを考えた時、おれと一緒になることを選んだのさ。おれにはわかっているよ」

「そんな言い方をしたんじゃ、おしゅんさんが可哀想《かわいそう》だ。それじゃ、何か、お前はおしゅんさんの足許を見たのか」

「そうかも知れない。そうでもしなきゃ、おれの所におしゅんのような女は来るものか」

「だけど、今のおしゅんさんは倖《しあわ》せそうに見えるぜ」

「内心じゃ、何を考えてるのかわからないよ」

「お前、おしゅんさんに惚《ほ》れていないのかい」

「ごろちゃん……」

伝助は呆《あき》れたように五郎太を見た。

「惚れた惚れられたなんてね、所帯を持つまでの話なの。今のおれ達なんざ……」

何やら伝助の様子がおかしかった。おしゅんとの間に何かあったようだと五郎太は感じた。長年のつき合いである。すぐにピンと来るものがあった。

「伝助、隠していることがあったら言ってみろ」

五郎太は少し厳しい声で伝助に言った。その拍子に伝助の表情が歪《ゆが》んだ。しゅんと洟《はな》を啜《すす》る。

「あいつ、昨夜《ゆんべ》、おれが味噌汁《みそしる》の味にちょいと文句を言ったら、ぷいと出て行きやがった。ひと晩、待っても帰って来なかった……きっと言い交わした男と、どこぞにしけ込んでいるんだ。どうせ、水茶屋勤めした女だ。男にゃだらしねェ女よ」

伝助はとうとう袖《そで》で顔を覆《おお》って男泣きを始めた。

「おきたさん、ちょっと……」

五郎太は立ち上がって、おきたの傍に行った。おきたは湯呑《ゆのみ》を空拭《からぶ》きしていた手を止めて五郎太を見た。耳許でおしゅんのことを囁《ささや》くと、おきたはくすりと笑った。

「姉さんなら実家にいますよ。内緒にしておいてと口止めされたんですけどね」

「だけど、伝助、かなりこたえているぜ」

「あ、本当だ。いい気味。あんまり姉さんを邪険にするからよ。幾ら我慢強い姉さんでも堪忍袋《かんにんぶくろ》の緒が切れたんでしょうよ」

「全くだ。口じゃ強がり言うくせにの。おきたさん、伝助が困っていると伝えてくれよ。おれも伝助には言い聞かせるからさ」

「あい。五郎太さんのおっしゃることなら姉さんも素直に聞くと思いますよ」

「頼んだぜ」

五郎太はおきたの肩をぽんと叩《たた》いた。

「伝助、どうだ？　験《げん》直しに一杯飲みに行くか？」

五郎太はわざと張り切った声で言った。慰められるつもりが、これではあべこべである。

ほおずきを閉めてから、五郎太と伝助は馴染《なじ》みの飲み屋でちろりの酒を注《つ》ぎ合った。酔いが回ると伝助は端唄《はうた》をがなり立て、五郎太も手拍子をとった。すると、学問吟味のことなど、さほど重大なことではないと思えて来た。どうとでもなれ。世の中はじたばたしても始まらぬ。なるようにしかならぬ、と。

村椿家の高《たか》を括《くく》るという悪《あ》しき、いや、よき遺伝が久しぶりに五郎太を捉《とら》え、愉快な晩になった。

三

家出した息子に宛《あ》てた手紙は届けることができなかった。彦六は二階家を一軒ずつ当たってみたそうだが、すで吉、あるいは捨吉なる人物に該当する者はいなかったのだ。

「旦那《だんな》、この手紙、どうします」

彦六は困り顔で翌日、伝助の前に手紙を差し出した。

「あの爺《じい》さん、ぴったり顔を出さなくなっちまったよ。国に帰ったのかな。手間賃も貰《もら》ったし、別に祝儀《しゅうぎ》も弾んで貰って気の毒なんだけど、仕方がないよね。一応は浅草に行ったことは行ったんだし」

伝助は言い訳するように言った。おしゅんが戻って来たので伝助の表情は昨日と、うって変って明るい。

「浅草の片町の裏通りってェのは、さほど家が立て込んでいる訳じゃねェんですがね、天文台があって、わかりやすい所だと思ったんですが、ちょいと読みが甘かったようです。こんなことなら、あの爺さんに、もう少し詳しいことを聞いておくんでしたよ。あっしはてっきり、息子の返事を貰いにもう一度来るものと思っておりやしたから……」

彦六も少し後悔している様子で言った。

「また、ひょっこり爺さんが顔を出すかも知れぬから、手紙は一応、預かっておこう」

五郎太は老人の客の手紙を文机《ふづくえ》の横の棚にそっと置いた。

しかし、老人の客はほおずきには二度と現れなかった。いつしか五郎太もその手紙のことは自然に忘れていた。

五郎太が二階堂秀遠を再び見掛けたのは学問所ではなく、両国橋だった。

ちょうど、ほおずきの客に噺家《はなしか》の卵がいて、向こう両国広小路《ひろこうじ》の寄席《よせ》に出るという話を聞き、五郎太と伝助と彦六の三人でそちらに向かうところだった。向こう両国広小路は東両国広小路とも言って、両国広小路と同じように芝居小屋や見世物、水茶屋が並んでいた。

時刻は暮れの六つ半（午後七時頃）になろうとしていた。六つ（午後六時頃）の鐘が鳴ると、両国橋は帰りを急ぐ商人や、仕事を終えた職人などの往来で結構な混雑になる。月の末には川開きで、初日は大川で盛大に花火が打ち上げられる。その夜は川面《かわも》も見えぬほど涼み舟で埋め尽くされるのだ。

混雑の嫌いな五郎太は涼み舟から花火を見物したことはないが、伝助は客に誘われて何度か見たことがあるという。今年の川開きは紀乃が松島町の家に戻るので一緒に花火を見物しようと無邪気な手紙が送られて来ていた。

橋の中央辺りに来た時、五郎太は二階堂秀遠が欄干《らんかん》から空をじっと眺めているのに気がついた。何しろ体格がいいので秀遠の身体《からだ》は黙っていても目立つし、急ぎ足の人々の中にあって、空を喰い入るように見ている姿は異様にも思えた。

黙ってやり過ごそうとも思ったが、秀遠の表情が何か切羽詰まった様子にも見えたので、五郎太は恐る恐る声を掛けた。

「卒爾《そつじ》ながら二階堂先生でいらっしゃいませぬか」

五郎太の声に秀遠は怪訝《けげん》な眼を向けた。

「拙者、学問所で初学の課程におります村椿五郎太と申す者です」

「おお、大沢先生のお弟子さんだな」

「さようでございます」

五郎太の返事におざなりに肯《うなず》いた秀遠は、せっかちに「おぬし、細い紐《ひも》など持っておらぬか」と訊《き》いた。

「紐でございまするか？　あいにく、そのようなものは……」

「困ったなあ……糸でも何んでもよいのだが」

秀遠は心底、弱った表情だった。すぐにまた空の方に眼を向ける。

「旦那、こよりでもようがすかい」

彦六が見兼ねて口を挟《はさ》んだ。

「おお、こよりでもよい。持っているのか?」

「へい」

彦六は腹巻きの中から手紙の束を括る時に使うこよりを何本か出した。

「一本でよい」

秀遠はせかせかとこよりを摘《つま》むと、手にしていた銅銭の穴にこよりを通した。

「村椿とやら、おぬしは暇か」

「はい?」

「今は暇かと聞いておるのだ」

「……」

何んと応《こた》えてよいのかわからない。暇といえば暇だし、忙しいといえば忙しい。

「暇ですよう、旦那」

伝助は愛想をするように言った。

「よし、すまぬが、おれにつき合って貰いたい。これから浅草の暦局《れききょく》まで戻るが、この振り子の数を数えながら行くので、間違わぬようにしっかり声に出してくれ」

彦六と五郎太は顔を見合わせた。何が何やら、さっぱり訳がわからない。それでも三人は言われた通り、振り子の振れる度に一つ、二つと律儀《りちぎ》に数を数えながら両国橋を戻り、浅草に向かった。秀遠の言う暦局とは天文台のことだった。通り過ぎる人々は四人の様子に不思議そうな表情を隠さなかった。中にはつむじの上を人差し指でくるくると渦を巻く仕種《しぐさ》をする者もいた。伝助は癇《かん》を立て「何見てんのよ。あんた等に関わりがないでしょう」と毒づいていた。

浅草の片町の天文台に着いた時、三人はいい加減、喉《のど》がいがらっぽくなっていた。秀遠は入り口に着くなり、脱兎《だっと》のごとく階段を駆け上がり「先生、先生」と声高に叫んだ。五郎太の横を走り抜けた秀遠から風が起きたような気がした。それほどの勢いだった。天文台は五間ほどの高さの小山の上に小屋をのせた妙な造りである。巨大な桶《おけ》のたがを重ねて球形にしたようなものが人目を引く。

「あの人は学問所の先生なんですか」

彦六が五郎太に訊いた。

「うむ。おれは直接、教わってはおらぬが」

「先生の先生には、さらに先生がいるんですね。世の中はどこまで行っても先がありまさァ」

彦六は苦笑しながらそんなことを言った。

天文台が暦局とも呼ばれるのは、そこで暦も制定されていたからである。一年の長さは太陽が回帰する時間と相違するので、二、三年ごとに閏年《うるうどし》を挟まなければならない。また、一太陽年を二十四に分けた二十四節気ごとに昼夜の長さを示して人々の日常生活の指標としている。

秀遠は五郎太達を置き去りにしたまま、しばらく戻って来なかった。

「どうする、ごろちゃん」

伝助が訊いた。

「ちょいと挨拶《あいさつ》したら失礼しようと思っているのだが、先生はなかなか出て来ぬな」

五郎太も思案顔して言った。

「豆平《まめへい》の出番は終わってしまいやすね」

彦六が言い添えた。噺家の卵の名前である。

「なに、どうせまずい噺なんだから、それはこの次でもいいよ。それより喉が渇いたから、その辺で一杯やりたいよ。せっかく浅草まで来たんだし」

伝助は退屈そうに大きく伸びをした。

「いやいや、すまぬ。雑作《ぞうさ》を掛けた」

秀遠がようやく出て来て三人に声を掛けた。

「とんでもございませぬ。お役に立ちましたでしょうか」

「うむ。ちょうど星食が起きたところであったので大層、慌《あわ》ててしまった。おぬし等のお蔭《かげ》で記録することができた。礼を言うぞ」

秀遠は律儀に三人に頭を下げた。天体の高度や星と星の間隔は、すべて角度で表わされる。秀遠は両国橋から天文台までの距離を振り子の振れる数より、おおよそ見当をつけ、星食の起きた星までの高度を計算するのだという。

「先生、そんなにお礼を言われてはこちらの方が恐縮してしまいまする。それでは我等はこれにて失礼致します」

五郎太は秀遠に頭を下げると、伝助も彦六も同じように頭を下げた。

三人が浅草の繁華街の方に踵《きびす》を返して二、三歩進んだ時、上から年寄りの声が響いた。

「ひで吉、これ、ひで吉」

秀遠が「先生」と呼び掛けた師匠であろうか。

三人はその声を何気なく聞いた。

最初に怪訝《けげん》な顔をしたのは彦六だった。突然立ち止まって伸びかけた顎鬚《あごひげ》を撫《な》でた。

「どうしたのよ、彦」

伝助は彦六の顔を覗《のぞ》き込んだ。腹が減り過ぎて気持ちが悪くなったのだろうかとも思ったらしい。

「あの先生、ひできちと呼ばれてましたね？」

　彦六は真顔で伝助と五郎太の顔を見た。

「二階堂秀遠先生とおっしゃるが、それは表徳《ひようとく》（雅号）のようなもので、元々はひで吉とおっしゃるのだろう」

　五郎太は訳知り顔で言った。大沢紫舟の幼名は権助《ごんすけ》である。土地の岡っ引きのようで大層嫌やだと言っていた。

「この間の爺さんの客のことですが、あっしはすで吉か捨吉と思って結局は手紙を届けることができやせんでしたが……もしかして、ひで吉と言うんじゃねェかと」

　彦六の言葉に五郎太もぐっと宙を睨《にら》んだ。

　浅草片町裏通り、二階家のすで吉——二階家ではなく二階堂、すで吉ではなくひで吉ではないのかと五郎太も思い当たった。すると疑問がいっぺんに晴れるような気がした。

　五郎太はものも言わずに天文台に取って返した。

「先生、二階堂先生。お忙しいところ申し訳ありませぬ。お伺いしたいことがございます」

　五郎太は大きな声を張り上げた。

「どうした？　こんな所でぐずぐずせずに家に戻って勉強せよ。大沢先生が大層心配し

てお られたぞ。目玉の村椿とはおぬしのことであろう」
秀遠は朗らかに笑った。その半刻《はんとき》後には水湊《みずばな》を絶え間なく啜《すす》る事態になるとは、五郎太も予想だにしなかったことである。

四

南秋川渓谷から登った浅間尾根道はゆるやかな傾斜であるが、五郎太の息は上がった。この尾根道は五日市と檜原村《ひのはらむら》を繋《つな》ぐ道で甲州中道と呼ばれている。一本道がどこまでも続いていた。数馬《かずま》、笛吹《うずしき》、事貫《ことづら》、時坂《とつさか》、千足《せんぞく》。檜原村の地名を江戸者の五郎太は、すんなりとは読めない。その地名の由来を秀遠は歩く道々楽しそうに語ってくれた。

夜明け前に江戸を出立《しゅったつ》して、一日歩き、昨夜は五日市の宿に泊まった。さらにまた朝早く宿を出て、かぶと造りの民家が所々に点在する村を抜け、深い杉の木立ちの中に入っていた。樹木の芳香が五郎太の鼻腔《びこう》の奥を優しく刺激する。

「大丈夫か」

前を歩いていた秀遠が振り返って五郎太に訊いた。

「はい、大丈夫でございます」

五郎太は荒い息をしていたが、無理に笑顔で応えた。手甲《てつこう》、脚絆《きやはん》、ぶっさき羽織にたっつけ袴《ばかま》、草鞋《わらじ》履きに菅笠《すげがさ》。旅姿の恰好《かつこう》の二人は傍目《はため》に地方の御用を仰《おお》せつかった、どこその家臣にも見えただろうか。五郎太は秀遠の故郷へ同行することを懇願されたのだった。小普請組という閑職が、この時ばかりは幸いした。五郎太は喜んでその申し出を受けた。

「ここを抜けて沢を越えれば、おれの家に通じる道に出る。そこから……そうさなあ、一刻（二時間）ほどで辿《たど》り着く」

まだ半日も歩かなければならないのかと、五郎太は内心うんざりした。

「学問の最後は体力、気力勝負だぞ」

秀遠は五郎太の心を見透かしているように、そんなことを言った。

五郎太はあの日、秀遠に手紙を言付《ことづ》けた老人の心当たりを訊《たず》ねた。笑った秀遠の顔が蒼白《そうはく》となり、ついで頰《ほお》を引きつらせて咽《むせ》んだ。

秀遠は弟の死を知らずにいたのだ。筆吉は秀遠の弟の名であった。そしてまた、生まれてから、ただの一度も家を離れたことのなかった父親が、はるばる自分の住む江戸までやって来たことにも大層驚いていた。

伝助は人目を気にして近くの蕎麦屋《そばや》に秀遠を誘った。秀遠はしなければならない仕事があったようだが、五郎太達の話を聞くために天文台からそのまま退出した。

蕎麦屋の二階の部屋で秀遠は自分の生い立ちを切々と語った。感極まって咽び泣くことが何度もあった。

秀遠の父親は双子であったという。実の父親は双子の弟に当たり、兄弟は祝言《しゅうげん》も一緒に挙げた。双子と言っても兄は先祖代々の家を継ぎ、弟の方は、少し離れた場所に分家を建てた。祝言までは兄弟の足並みが揃《そろ》っていたが、兄の方になかなか子ができず、一方、弟の方には年子で三人の子供がいた。秀遠は三番目の息子であった。秀遠は子のない伯父にずい分と可愛《かわい》がられ、五歳になった時、伯父の養子になったのである。

義理の父という意識は秀遠にあまりなかった。

顔も仕種《しぐさ》も似ている義父と実の父とは、どちらがどちらであっても構わなかった。義父は秀遠が生まれた時から父親と同じように、悪さをすると遠慮もなく叱《しか》った。

義父の養子になって五年が過ぎた頃、義理の母親がまさかの懐妊をした。そして筆吉が生まれたのである。分別のついて来た秀遠は嫌やでも自分の立場を考えるようになった。

実の父親に家に戻りたいという話もしたが、秀遠が養子になってから、さらに三人の子供が生まれている。実の父親は暮らし向きが大変なのを理由に義父の家に留《とど》まることを勧めた。

秀遠が傍にいる時、義父はわざと筆吉に関心のない振りをした。その気遣いが秀遠には辛《つら》かった。秀遠は次第に義父に反抗するようになった。家を飛び出してひと晩、畑で過ごすことも何度かあったという。

十五歳になった時、秀遠は江戸に出て学問をしたいと義父に告げた。義父は戸惑うような表情をして、最初は反対した。しかし、秀遠は頑固に意志を通した。

自分がいなければ筆吉をすんなり跡継ぎに据えることができるだろうとも秀遠は思った。家出に近い形で秀遠は義父の家を後にして江戸に向かった。

村の寺の和尚《おしょう》の紹介で江戸の私塾に入り、秀遠は学問に励んだ。天文方の間重富《はざましげとみ》の所にも度々通い教えを受けた。五年後、秀遠は御目見《おめみえ》以下の部の学問吟味を一番で突破し、その後に間の弟子であった二階堂忠興《ただおき》の娘婿《むすめむこ》となって二階堂姓を名乗るようになったのである。

杉の木立ちを抜けると平坦《へいたん》な道になり、それから少しずつ下りになった。道の端に細い川がついて来て、川は歩みを進める内に次第に幅を広くして行った。そして、どうどうと耳をつんざくような滝の音を聞いた。

滝を過ぎると、また川沿いの道を歩いた。

木橋を渡ってごつごつした岩場に出た時、秀遠は「少し休むとするか。おぬしはだいぶ参っておるようだ」と言った。

秀遠は肩に背負っていた荷物を下ろすと、川の傍に行って流れる水で手を洗い、ついで汗をかいた顔も洗った。

「村椿、大層、気持ちがいいぞ。おぬしも手と顔を洗え」

秀遠はこちらを振り向くと笑顔で言った。

「はい」

五郎太も荷物を下ろすと羽織を脱ぎ、そろそろと岩を伝って川の傍に行った。陽《ひ》は川の水面《みなも》をきらきらと輝かせていた。

水は驚くほど澄んでいる。よく見ると底の方に小魚が泳いでいた。陽は川の水面をきらきらと輝かせていた。通り過ぎる人もいない。さわさわと樹々《きぎ》がそよぐ音と水の流れ、鳥の声が微《かす》かに聞こえるだけであった。

「もう夏だのう」

秀遠は眩《まぶ》しそうに空を仰いで言った。

「さようでございます。江戸ではこれから油照りの日々がしばらく続きまする」

「どれ、ちょいと水浴びでもするか」

「え？」

驚く五郎太に構わず、秀遠はさっさと着物を脱ぎ、袴を外し、下帯一枚となった。

浅黒い身体《からだ》は胸板が厚い。みぞおちの辺りに申し訳程度の胸毛が生えていた。二の腕も太股《ふともも》も筋肉が発達していて見事であった。野良《のら》仕事で鍛えた身体である。今も自宅の庭では家族の食べる野菜を作っているそうだ。

五郎太はその身体に見惚《みと》れた。秀遠は掌《てのひら》で水を掬《すく》い、胸を濡《ぬ》らすと水飛沫《みずしぶき》を立てて頭から川に飛び込んだ。五郎太は岩に頭でもぶつけやしないかと、はらはらして見ていた。しかし、すぐに水面に秀遠の頭が出て、気持ちよさそうに手で顔を拭《ぬぐ》った。

「さほど水は冷たくないぞ。村椿、おぬしも泳げ」

秀遠は白い歯を見せて五郎太に言った。

「いいえ、拙者は結構でございまする」

「おぬし、金槌《かなづち》か」

秀遠は遠慮のない言葉で続けた。

「泳げますよ」

五郎太はむっとした顔で応《こた》えた。不案内な場所では何が起きるかわからないので慎重を心掛けているだけである。

「それなら一緒に泳げ。この川は見た目より深くないから心配するな」

秀遠は盛んに誘う。とうとう五郎太も着物を脱いで下帯一枚となった。辺りを見回して人の気配がないことを確かめると、その下帯も外した。水浴びの後、下帯が濡れたまま袴を着けるのは気色悪いと思ったのだ。

「おぬし、湯屋にいるようだの」

秀遠はからかう。

「放っといて下さい」

水辺にしゃがんで胸を濡らす。そろそろと水の中に足から入った。背が立つので少し安心したが、秀遠のいる辺りは深いようだ。

思い切って頭からもぐると、水の冷たさは、もはや気にならなくなった。透明度の高い水の中には小魚の群れとともに、秀遠の泳ぐ足が見えた。それは、五郎太には大きな魚の鰭《ひれ》のようにも思えた。もぐりながら近づいて、秀遠の足首をむんずと摑《つか》んだ。不意をつかれて秀遠は大袈裟《おおげさ》な悲鳴を上げた。

「この野郎、驚かせやがって。さほど泳ぎが達者でもない振りをしおって、人の悪い」

「子供の頃、父親に連れられて品川に行きまして、そこで泳ぎを覚えました。拙者の父親は水府流の泳法を体得しておりましたゆえ……」

五郎太は水の上に顔を出すと、抜き手を切って秀遠の周りを泳ぎながらそう言った。

「ふむ。なかなか達者なものだ」

「でしょう?」

五郎太は得意気に応えた。かぽッと小さな水音がして秀遠の姿が水の中に隠れた。五郎太が構わず泳いでいると、突然、股間《こかん》を鷲《わし》摑みにされた。ぎょっとした。まさか学問所に教えに来る教授がそのような悪餓鬼の真似《まね》をするとは思いも寄らない。顔を出した秀遠は馬鹿《ばか》笑いした。

「さっきのお返しだ」

「人が悪いのは先生の方が勝《まさ》っております」

五郎太はぷりぷりして岸に近づき、泳ぎはそれで終《しま》いにした。秀遠はそれからしばらく泳ぎ続けた。五郎太は下帯を着けてから岩の上に腰を下ろし、濡れた身体が乾くまでそのままでいた。

やがて川から上がった秀遠は五郎太の隣りに並んで腰を下ろした。

「泳ぐのは何年ぶりかのう」

秀遠はしみじみとした口調で言った。

「拙者も久しぶりでございまする。このような山の中で泳ぐことになろうとは思いも寄りませんでした」

「迷惑だったか」

「とんでもございません。気持ちが清々致しました」

「そうか……」

秀遠は空を仰いで吐息混じりに呟いた。しかし、何んとなく表情が浮かない。自分の家が近くなって、父親に何んと言葉を掛けたらよいのかを考えあぐねているふうだった。

「先生、一つお訊《たず》ねしてよろしいですか」

五郎太は恐る恐る口を開いた。

「何んだ」

秀遠は訝《いぶか》しそうに五郎太を見た。

「お父上がたってと懇願されたら、先生はお国へ戻られるのですか」

「……」

秀遠はすぐには応えず、自分の胸の辺りに視線を落とした。ささやかな胸毛に残っていた水滴が陽射《ひざ》しを受けて光って見える。

「先生は迷っておられるような気が致します」

五郎太はおずおずと続けた。

「いかにも、おれは迷っておる。弟が死んで親父《おやじ》が一人になったと聞かされたらなおさら……」

「お国に戻られるということは天文方のお役も学問所で我々に教えることも辞めることになりましょう」

「うむ……そればかりでなく、妻子とも別れなければならぬだろう。おれは二階堂家の養子に入った者ゆえ、おれはともかく、息子は二階堂の跡継ぎだからの」

秀遠には三歳の息子と生まれたばかりの娘がいた。本当は父親に孫の顔を見せてやりたかったが、幼いので連れて来る訳にはゆかなかったのだ。

「それでもお父上が望むなら戻られるのですか」

「言うな。それはこれから親父に会って考えることだ」

五郎太は内心で、それはできない相談であろうと思った。親にとって都合のよいことが必ずしも子にとって都合のよいこととは限らない。

いやむしろ、大人になるほどに親と子の事情は正反対の道を辿《たど》るような気がした。親子といえども、与えられた運命は違う。秀遠の父親が双子の兄に生まれ、家を継ぐことを定められたのが運命なら、そこに養子に貰《もら》われて、義理の弟のために家を出た秀遠もまた、運命と言わなければならない。

「おれは昔から果てもないものが好きだった。空だの星だの月だのがの。それが高じて天文学の道をめざした。家を飛び出したことがその道へ向かわせたのだ。弟は家を出る時、おれの袖《そで》に縋《すが》って泣いた。兄《あに》さ、行かねェでくれ、何んでも兄さの言うことを聞くから、とな。弟はそれから寂しい日々を送ったであろう。おれが傍にいたなら、もう少し長生きできたような気がする。弟はおれの代わりに畑を守りながら、おれを恨んでいただろう。それを考えると切ない。弟はおれと違って大層、心根の優しい子供だった」

「ご自分を責めるのはやめて下さい。弟さんが亡《な》くなられたのは先生のせいではありませぬ」

「江戸で妻子を養い、仕事の忙しさにかまけている内に、滅多に親父や弟のことは思い出さなくなっていた。したが、親父が江戸に出て来たと知ると、途端にどうしようもなくなった。親父が初めておれに助けを求めているような気がしてならぬ。義理の親子でも、おれが父親と呼べるのは、あの人以外におらぬ」

「年老いた親は誰しも心配なものでござります。拙者は早くに父親を亡くしておりますが、母親は健在でございます。しかし、これから五年後、十年後のこととなると、どうなるものか想像もできませせぬ」

「お母上を大切にせよ」

秀遠はきっぱりと言った。

「はい」

「よし、出かけるぞ。もうすぐだ」

秀遠は思い切りよく立ち上がった。その拍子に下帯の水滴が五郎太の顔に掛かった。五郎太は思わず顔をしかめた。

五

前庭には蕎麦《そば》だろうか、白い花が一面に咲いている。緑眩《まぶ》しい水田が前庭の向こうに拡《ひろ》がっていた。重厚な茅葺《かやぶ》き屋根の家が見えた時、秀遠は「あれがおれの家だ」と五郎太に指差して教えた。

「ご立派なお家《うち》ですね」

五郎太はお世辞でもなく言った。江戸でも、武家屋敷以外、そのような大きな家は見ることができない。農家と言っても由緒《ゆいしょ》のある家なのだろうと五郎太は思った。

母屋《おもや》の前の門も茅葺きの屋根がついている。

壁は上半分が白い漆喰《しっくい》で、下半分は木造の入《い》れ子《こ》下見《したみ》になっていた。その壁際《かべぎわ》には燃料にする薪《まき》が形を揃《そろ》えてきれいに積み重ねられている。開け放してある門の中では赤茶色のにわとりが喉《のど》を鳴らしながら、ゆっくりと餌《えさ》を啄《ついば》んでいた。しかし、他はしんと静かで人の気配は感じられない。

秀遠は門の前で五郎太を待たせると母屋に入った。すぐに出て来て家の裏手に向かう。五郎太も後に続いた。母屋の裏手は小高い丘のようになっていた。段々畑というのだろうか、斜面に沿って野菜が植えられている。

その丘の中間辺りに野良着《のらぎ》姿の老人が鍬《くわ》を振るっていた。ほおずきで見掛けた老人とは恰好《かっこう》のせいか違う人にも見えた。

「お父《ど》!」

秀遠はいきなり老人に呼び掛けた。五郎太はその野卑な言葉遣いにたじろいだ。それは普段の秀遠から想像のできないものだった。

老人は手を止めてこちらを見た。最初は誰なのか判断のできないような顔だった。秀遠がもう一度「お父」と呼び掛けると、老人はようやく肯《うなず》いた。しかし、鍬を振るうことはやめなかった。秀遠は大股《おおまた》で老人の傍まで行くと、ふた言《こと》、三言《みこと》、言葉を掛けた。その声は五郎太の耳には聞こえなかった。しかし、秀遠はそのまま老人と一緒に鍬を振るい始めた。農家の人手はいつも足りない。秀遠は少しでも助けるつもりで戻った早々から手伝いを始めたのだろう。

「先生、拙者もお手伝い致しまする」

五郎太は口許《くちもと》に開いた両手を添えて怒鳴るように言った。

「おぬしはそこで休んでいろ。すぐに終わる」

秀遠は笑顔で応えた。父親の顔を見て安心したようでもあった。

五郎太は傍にあった樹《き》の切り株に腰を下ろした。長く歩いて、おまけに川で泳いだので妙に身体が気《け》だるかった。五郎太はぼんやりと、そこから見える風景に視線を投げた。

四方を山々で囲まれ、矩形《くけい》の水田の中に茅葺きの家がぽつりぽつりと建っている。すでに夕餉《ゆうげ》の準備をしているのか白い煙も立ち昇っていた。のどかで、とろりと眠気が差して来そうな景色であった。

西陽を受けた老人と秀遠の姿は次第に濃い影のようにも見えて来た。二人の野良仕事はそれから半刻《はんとき》ほど続けられた。一心不乱に鍬を振るう秀遠は生き生きとしていた。

やがて二人は肩を並べてゆっくりと五郎太の傍までやって来た。五郎太も立ち上がった。

「待たせたの。さてこれから家に戻る」

秀遠はさほど疲れてもいない様子でそう言った。老人は頭を下げた五郎太に怪訝《けげん》な顔をした。見たことはあるが、はて、誰であったろうという表情である。

「拙者、江戸の両国広小路で代書の内職をしておる者です。お父上がお手紙を頼まれたほおずきという水茶屋です」

「ああ……」

老人はようやく合点《がてん》のいった顔で肯いた。

「こいつは侍だが、家計を助けるために代書の内職をしておるのだ。なかなか感心な男だ。学問所にも熱心に通っている」

秀遠は大袈裟《おおげさ》に五郎太を持ち上げた。五郎太は照れ笑いを浮かべた。

「すで吉に言われて、こたら田舎について来ただか……お世話様なこって」

老人は丁寧に頭を下げて五郎太に礼を言った。皺《しわ》深い顔は紛《まぎ》れもなく、ほおずきで見掛けた老人であった。

「拙者、すぐにお手紙を先生へお届けすることができませんでした。申し訳ございませぬ」

五郎太は膝頭《ひざがしら》を摑んで深々と頭を下げた。

「お父、こいつにはおらの名前《なめ》ェが、すで吉と聞こえていたようだで」

秀遠は愉快そうに老人に説明した。

「江戸のお人《すと》には田舎者の言葉はなかなか伝わらねェもんだなあ」

老人は少し恥じるような表情をした。

「んでね、お父は浅草の二階家に住むすで吉って喋《しゃべ》ったんだ。わからねェのも道理だ」

「何言うだ。おらはちゃんと二階堂って喋っただ」

老人はむきになって反論した。

「申し訳ございませぬ。拙者、お父上が手紙の御用を頼まれた時は留守にしておりました。見世の者では埒《らち》が明きませぬ。お父上はまさしく浅草片町裏通りの二階堂ひで吉とおっしゃられたと思いまする。御子息の名を間違うはずはございませぬゆえ」

五郎太は慌《あわ》てて助け船を出した。

「この人もお前《め》ェの生徒か」

老人は五郎太の素性を秀遠に訊《き》いた。

「んだ。まだ直接教えてはいねェども、その内にの」

秀遠は悪戯《いたずら》っぽい表情で応《こた》えた。五郎太は身の置き所もない。早くそうなりたいと思う気持ちは山々だが、どうにも先のことは自信が持てない。

「五郎太、秋の試験に合格しねェば、大川さ放り込むからな」

秀遠はそんなことを言って五郎太を脅かした。もはや村椿とは呼ばず、五郎太と呼び捨てにされたことがこの上もなく嬉《うれ》しかった。

「まんず、家《え》さ帰って湯さ入って、飯でも喰って貰うべ。五郎太さん、大したうまい物もねェが我慢してけれ」

老人は少し笑顔でそう言った。

「そんなお父上。どうぞ、あまりお気遣いなさらずに」

五郎太は恐縮して頭を下げた。

風呂《ふろ》に水を張り、火を入れると、老人は湯が沸く間、秀遠を仏間に案内した。五郎太もそっと後から続いた。古いけれど広い家である。どこもここも五郎太の眼からは大広間のように思えた。柱の太さは五郎太の家の三倍はある。整然と片づいた仏間は他に家具らしい物もなかった。老人が仏壇の扉を開け、中から新しい位牌《いはい》が見えた時、秀遠は耐え切れずに嗚咽《おえつ》を洩《も》らした。

「筆吉、なして……」

なぜ死んだのかと秀遠は訊いていた。老人の実子を跡継ぎに据えるために自分は家から出たというのに、死んでは何もならないではないかと。老人は秀遠を黙って泣かせるままにしていた。五郎太は仏間の襖《ふすま》近くに座って、二人をそっと見守っていた。

「風邪をこじらせてしまっただ。もともと身体《からだ》が丈夫な男でもなかったし、これも寿命だと、おらは諦《あきら》めた……」

しばらくして、老人は低い声で筆吉のことを語った。

「したらお父は、なしておらの所に知らせなかった」

拳《こぶし》で眼を拭《ぬぐ》うと秀遠は詰《なじ》る口調で老人に言った。

「お前ェは二階堂の家さ婿《むこ》に入った人間だ。今更、こっちの都合でお前ェば返してくれと虫のいいことは言われね。まして嫁と子供がいるとなれば……筆吉が死んだと知らせれば、お前ェは余計な気を遣うと思ってよ」

「水臭《みずくせ》ェ」

「お前ェは筆吉に家ば継がせたくて江戸に行った。おらにはお前ェの気持ちがわがっていた。切ねがった……胸、張り裂けるほどお前ェの気持ちがわがっていた。わざとおらに盾突いて、星だの月だのを勉強すると息巻いて江戸に行った。正直……おらもお前ェが江戸に行くと内心でほっとした。嬶《かか》ァにお前ェのことで遠慮していたものが、たちまち消えて気が楽になった。したが、嬶ァは中風で倒れて、そのままぽっくり逝《い》き、後を追うように筆吉も死んだ。罰《ばち》が当たったんだべな」

「んなもの、罰って言わねッ！」

己れを責める老人を秀遠は荒い言葉で慰めていた。五郎太はそっと腰を上げて仏間から出た。そのまま履物を履き、風呂の焚《た》き口まで行った。焚き口の前にしゃがんで傍にある薪をくべた。

赤い炎を眺めながら秀遠と父親のことを五郎太は考えた。お互いに相手を思いやる二人に五郎太は打たれてもいた。本当の親子であったなら、あれほど相手のことを考えたろうかと思う。なさぬ仲だからこそのものだろう。

本当の親子であったなら、恐らく秀遠は家を離れることもなく、この静かな村で一生を終えたはずである。父親や祖父がそうであったように。さすれば天文方の役人、学問所で生徒の人望厚い教授である二階堂秀遠はなかったことになる。五郎太は人間の運命をつくづく考えない訳にはいかなかった。

何が幸いし、何が災いするか知れたものではない。しかし、そのことと人間の幸福はまた、別のことであるような気もする。秀遠の本望は江戸で天文学を修めることより、村で畑を耕し、作物を育てて一生を終えることだったのかも知れない。

湯が沸くと、五郎太は勧められて一番風呂に入った。五郎太の代わりに焚き口の前にしゃがんだ秀遠は、もういつもの秀遠であった。

老人の心尽くしの夕餉は山菜の炊《た》き合わせ、青菜の浸し物、蕎麦がき、きのこ汁、それに西瓜《すいか》までであって五郎太を喜ばせた。

夕餉が済むと、老人は寝床の用意を始めた。

その間、秀遠は五郎太を夜の散歩に誘った。

昼間に来た裏山に秀遠はゆっくりと登って行く。秀遠は小さな提灯《ちょうちん》を下げていた。裏山から見上げた夜空は満天の星が見事であった。

「拙者はこのように見事な星空を今まで見たことはありませぬ」

五郎太は感歎《かんたん》の声を上げた。遮《さえぎ》るものは一つとしてない。圧倒的な星空である。手を伸ばせば星に届きそうにも思えた。秀遠はもともと果てもないものが好きだと言ったが、頭上の星空を見て五郎太は深く納得がいった。

檜原村《ひのはらむら》のこの星空こそが秀遠を天文学の道に進ませたのだ。父親との確執は別にしても。

「拙者、さきほど風呂を焚きながら考えたことがございます」

五郎太は静かに口を開いた。

「ほう、何んだ」

「先生は果たして村の暮しよりも江戸で学問の道に進まれたのがよかったのかと」

「………」

蛍火のように微《かす》かな灯りは農家から洩れるものだろう。ささやかで、つつましい人の暮しの灯りだと五郎太は思う。その灯りを見つめながら五郎太は続けた。

「先生にとって野良仕事と学問は同じ重さに思えます」

「江戸に出て、一番困ったのは秋になると無性に稲が刈りたくなったことだ」

秀遠は吐息混じりに応えた。

「おれに流れている百姓の血が騒ぐのだろうの。自宅の狭い庭で野菜を拵《こしら》えているが、所詮《しょせん》、子供騙《だま》しよ。今日、久しぶりに親父と一緒に鍬を振るって気持ちが落ち着いた」

「では、お国に戻られるのですか」

「いや……」

秀遠は低い声になった。

「親父にこっちに戻ろうかと言ったら、その必要はないと応えた。身体が動ける内は自分でやるそうだ。分家にはおれの兄弟もおるので手に余れば手伝いも頼めると言うた。親父の家は分家の誰かに継がせるそうだ」

五郎太は安心する一方、そう言った老人の気持ちが切なかった。老人は秀遠がもはや自分の手の届かない所にいることを悟っているのだ。

「おれは余計な物を持ち過ぎてしまった。後戻りはできぬ……」

「学問も余計な物の一つですか」

「時にはの」

秀遠は苦い顔で笑った。

「したが、おぬしには必要なことばかりだ。いらぬことを考えずに励め」

「拙者は先のことに自信が持てませぬ。先生のように頭脳明晰《めいせき》な人間ではありませぬゆえ」

「おれが頭脳明晰だと？」

「はい。学問吟味を首席で突破するとは並の人間にはなかなかできることではございませぬ」

「しかし、それしか選択の自由がないとしたら、できるできないに拘《かか》わらず、励むしかないではないか。おれは百姓だったのだぞ。おぬしのように、あらかじめ身分が約束されていた訳ではない。条件はおぬしの方がぐんとよい」

そう言われても、五郎太には少しの慰めにもならなかった。

「おぬし、何を迷うておる」

黙った五郎太に秀遠は覆《おお》い被《かぶ》せた。

「別に迷ってはおりませぬ。自信がないだけです」

「来年の学問吟味を受けようという心構えができておらぬのか」

「……………」

「それではやめるのか？」

「やめるつもりはございませぬ」

「ならば四の五の言わずに励め。誰も最初から自信のある者などおらぬ。臆《おく》する心が足を引っ張るのだ。学問は一廉《ひとかど》の人間になろうとする者が身につけるものだが、一方、その学問を打ち立てた者もまた、人間だ。神や仏ではない。いや……神も仏も人間が造り出したものよ」

「……」

「五郎太、この星を見ろ。人のやることなど、この星の一つにさえ及ばぬ。そう思わぬか」

「先生は秋の大試業に拙者が失敗したら軽蔑《けいべつ》なさるでしょう」

「おお、いかにも。情けない奴《やつ》だと思うだろうの。約束通り、大川に放り込んでやるわ」

「……」

「とどの詰まり、おぬしは学問吟味を通った暁には何を望んでおる」

「それはむろん、御番入りでございます」

「ほう、そして御番入りを果たした上は」

「妻を迎えます」

「はん？」

秀遠は小馬鹿《こばか》にしたように笑った。

「おなごがいるのか」

「生意気だの」

「……」

「拙者は二十五歳でございます。分別もございます。小普請組の無役のままで妻を迎えたくはありませぬ。相手の父親が反対しておるのは、ただ御番入りを果たしておらぬゆえでございまする」

「反対されておるのか……それは気の毒だの」

秀遠はやや同情する顔になった。

「拙者は大それた望みなどございませぬ。当たり前に妻《めと》を娶り、子供をもうけ、妻子と母親を養い、贅沢《ぜいたく》はせずとも暮しの不足を覚えることなく安らかに暮したいだけです。しかし、今の拙者にはその当たり前の暮しさえも手に入れることが心許《こころもと》ない有様なのです」

秀遠が嘆息したのは五郎太の望みがあまりに凡庸に過ぎたからだろうか。そう思うと五郎太は恥ずかしさを覚えた。果たして、それが図星でもあるかのように秀遠は低い声で口を開いた。

「おぬしはまだ、自分の持てる力に気づいておらぬようだ。大沢先生もそれを惜しんでおられた。志が低いとな。おれもそう思う。おぬしは望めば何人《なにびと》にもなれる男だ。そういう資質を備えておる。玉も磨かざれば光るまい。五郎太、今は励め、ただ励め。師匠としておれが言えることはそれだけだ」

「拙者、まだ先生の弟子ではありませぬ」

「くどい！」

秀遠は癇《かん》を立てた。

「申し訳ありませぬ。愚痴を申しました」

五郎太は慌てて謝った。

「おぬしは紛れもなくおれの弟子だ。おれはとっくにそう決めている……来年の夏にも再びこの村に帰ろうと思っている。その時は息子を連れてな」

「お父上がお喜びになられましょう」

「おぬしがまた同行してくれたら嬉しいがの」

五郎太はぱっと顔を上げた。

「都合がつけば喜んでお伴《とも》させていただきます」

「まことか」

「はい。その時は拙者、本当の弟子となって」

「うむ。よう言うた」

秀遠は満足そうに肯いた。来年の夏、自分はどんな気持ちでいるだろうかと思った。来年の夏には大試業も、続く学問吟味も、すでに終わっているはずである。この檜原村の星空が五郎太にはどんなふうに見えるのだろうか。その答えは今の五郎太には予想すらできなかった。星空は五郎太の気持ちなど構ったことではないというように金剛石のような光を降らせているばかりであった。

六

松島町の黄昏《たそがれ》は、いつもなら静かに、さり気なく訪れるのだが、その日ばかりは違った。

陰暦の五月二十八日、大川の川開きであった。これから八月の末まで大川では川遊びが許される。川開きの初日は玉屋、鍵屋《かぎや》の江戸の花火師が盛大に花火を揚げる。江戸の人々にとって楽しみな夜でもあった。両国橋へ出かける人の往来で五郎太の屋敷前の通りも、いつもより騒々しい。

ほおずきはこの夜、書き入れどきとばかり、遅くまで見世を開くという。代書の用事を片づけると、引き留める伝助をようやく振り切って五郎太は自宅に戻った。紀乃が訪れて来るかも知れないからだ。もう半月以上もその愛らしい顔を見ていなかった。

花火は二階の物干し場から見物するつもりだった。早目に夕餉《ゆうげ》を済ませると母親の里江は近所の女房達と一緒に見物をすると言って外に出て行った。五郎太は誰もいなくなった茶の間で花火が始まるまで書見《しょけん》をした。繰り返し書見をして必要なことを頭に叩《たた》き込まなければならない。覚えることは際限なくあった。

檜原村には結局、三日間滞在した。秀遠はその間、せっせと父親を助け、五郎太も手伝いをした。土産には蕎麦粉《そばこ》を持ち帰り、生花を教えている里江のために帰路の途中、吾亦紅《われもこう》も摘んで来た。茎の先端に暗紅色の丸い穂をつけた吾亦紅には、いち早く秋の気配がした。

秀遠は松島町の家に顔を出してくれ、里江に丁重に礼を述べた。お美しいを連発する秀遠に里江は相好《そうごう》を崩した。どうやら里江も秀遠贔屓《びいき》になったらしい。

秀遠は父親の顔を見たことで長年の胸のつかえが下りたらしく晴々とした表情であった。

五郎太も伝助も秀遠の力になれたことを心から喜んでいた。

「ごめん下さいませ」

細い声で訪《おと》ないが告げられた。それと同時に腹の底に響くような音がした。花火の始まりである。

玄関に出て行くと、紀乃は涼し気な浴衣《ゆかた》姿で立っていた。湯上がりらしく、ふわりとよい匂《にお》いもした。

「ご無沙汰《ぶさた》致しておりました。その後、お変わりございませんでしたか」

紀乃は小首を傾《かし》げて訊《き》く。

「変わりがあってたまるものですか、ささ、遠慮せずにお上がりなされ。お父上には何んと申されて出て来られたのですか」

「お鈴ちゃんと花火見物をすると申しました」

お鈴は町内の紀乃の友人である。

「でも、母上にはそっと五郎太様の所へ行くと断って参りました」

「それは感心」

五郎太は紀乃の手を取った。わが家ならば人目もないので、そういうことが自然にできる。浴衣姿の紀乃は格別に美人に見えた。

大川に向いて窓のある二階の六畳間は物干し場に出られるようになっていた。五郎太は紀乃をそこへ促した。花火見物にはまことにふさわしい場所である。女中のおまさが雑巾《ぞうきん》を掛けてくれたようで、いつもは埃《ほこり》っぽい物干し場も足の裏にざらりと来ない。

流星玉簾《りゅうせいたますだれ》が夜空に弾《はじ》けた。通りから「玉屋ァ」と、間抜けな声が聞こえた。

「ああ、きれい……ここはとてもよく見えます」

紀乃が感歎《かんたん》の声を上げた。

「本日は天気がよいので格別ですな。昨年は少し雨もよいでしたから」

五郎太も言い添える。

「五郎太様と一緒に花火見物ができるなど夢のようです」

「このようなことで夢のようだとおっしゃられては困ります。夢はもっと大きく持たなければなりませぬ」

そう言った五郎太の顔を紀乃はじっと見つめた。

「来年も再来年も、いえいえ、わたくしがお婆《ばあ》さんになり、五郎太様がお爺《じい》さんになっても一緒に見物致しましょうね」

「ふむ。そのぐらいのことを言っていただきたい」

「偉そうに……」

紀乃は五郎太を軽く睨《にら》むと二の腕をきゅっと抓《つね》った。

「痛ッ、これこれ、水茶屋のおなごのような真似《まね》はいけませぬ」

「あら、水茶屋の女の方は五郎太様の腕を抓ったりなさるの？　おきたさん？　それともお須賀《すが》さん？」

やれやれ、もはや悋気《りんき》かと五郎太は溜《た》め息《いき》をついた。紀乃は返事を迫って五郎太の眼を覗《のぞ》き込む。桜色の唇が間近にあった。その唇に触れる日を五郎太は夢見る。それはもしかして学問吟味を突破して御番入りを果たすことより切実な夢であるのかも知れない。

五郎太は紀乃の視線を避けて夜空を仰いだ。

「おお、また揚がりましたぞ」

紀乃は花火見物よりも五郎太と一緒にいられることに興奮している様子である。細い身体が自然に五郎太に寄り添う。二人は埒《らち》もない話を飽きることなく続けた。花火と花火の間につかの間の静寂が挟まれた。紀乃は「花火が揚がっていない夜空は海の底のようですわね、静かで果てしなくて」と感想を洩《も》らした。

「夜空が海の底ですか、紀乃殿はおもしろいことをおっしゃる」

笑った五郎太だったが、その内に本当に夜空が海の底のように思えて来た。

果てもない夜空を魚の群れが行く。銀色の鱗を光らせて……。星は栄螺《さざえ》か雲丹《うに》か、はたまたひとででもあろうか。その中を、なぜか二階堂秀遠の泳ぐ姿が浮かんだ。そして、その後ろへ五郎太が続く。五郎太の周りには鯛《たい》や平目、章魚《たこ》や烏賊《いか》、亀《かめ》やくらげがいる。魚族《いろくず》の泳ぐ夜空は五郎太の心の様を映して賑《にぎ》やかであった。

「何を考えていらっしゃるの」

紀乃は少しこもった声で訊いた。

「いや……この空を紀乃殿のおっしゃった海の底に見立て、その中を泳ぐ拙者のことを考えておりました」

「五郎太様がお一人で泳いでいらっしゃるの」

「魚もたくさん泳いでおります。そうそう、拙者の学問所の師匠である二階堂秀遠先生も泳いでおられます」

「わたくしは?」

紀乃は無邪気に訊く。

「紀乃殿はおなごでありますから泳ぎは致しませぬ」

「想像の上のことなら構わないのではないですか」

そう言われて、紀乃が緋色《ひいろ》の蹴出《けだ》し一枚で胸乳もあらわに泳ぐ姿を思い浮かべた。抜き手を切る紀乃は頭の中では大層、泳ぎの巧者であった。紀乃の白い足を覆《おお》っている蹴出しが捲《めく》れ、そこに……。

不謹慎な想像をして五郎太は頰を染めた。

「こら、紀乃、何をしておる」

夢から覚めるような無粋な声が下から響いた。視線をそちらに向けると、紀乃の父親である俵平太夫が腰に両手をあてがって、こちらを睨んでいた。

「小父さん、花火見物をしているだけでございます」

五郎太は慌《あわ》てて言った。

「紀乃、小普請組の無役の男の所に何用あって参る。早く家に戻らっしゃい!」

夜目にも平太夫がこめかみに青筋を立てているのがわかった。紀乃はそそくさと物干し場から中に入り、階段を下りて行った。

「よいか、五郎太殿。拙者、前々からくどいほどにおぬしに言うておるはず。小普請組の男に娘は嫁がせぬとな」

「存じております」

「存じておるなら何ゆえ娘に近づく」

「拙者、いつまでも小普請組に燻《くすぶ》っておるつもりはござらぬゆえ」

「ふん、笑止な。貴様などは一生、小普請組のままだ。大きな口を叩くでない」

貴様呼ばわりされた五郎太はかっと頭に血が昇った。

「そういう小父さんも小普請組ではござらぬのか？　小普請組を笑うことはご自分を笑うことでありますぞ」

「拙者のことはよいのだ。息子の内記《ないき》が御番入りを果たしておる今、わが家が家格を上げておるのは紛れもない」

「それがどうしたとおっしゃる。内記殿の手柄は内記殿のもの。決してあなたのものではござらん。虎《とら》の威を藉《か》る狐《きつね》とは小父さんのような方を指しておるのでござろう」

「なな……」

平太夫は悶絶《もんぜつ》寸前の態《てい》で拳《こぶし》を振り上げた。

平太夫の横で拍手が起きた。里江が騒ぎに気づき、こちらにやって来て掌《て》を打ったのだ。

「お見事、五郎太」

里江は芝居掛かった口調で言った。紀乃が外に出て行き「父上、戻りましょう」と悲鳴のような声で宥《なだ》めている。

その時、立て続けに夜空に花火が揚がった。

これでもか、これでもかというように。

――それが、五郎太の夏の一部始終であった。

びいどろ玉簪《たまかんざし》

一

長月《ながつき》の十五日は神田明神《みようじん》の祭礼だった。

神田明神と山王権現《さんのうごんげん》、それに深川八幡の祭礼が江戸の三大祭りとして有名である。町の負担を軽くする目的で、それぞれの祭礼は隔年《かくねん》ごとに行なわれていた。

本所《ほんじよ》の五間堀《ごけんぼり》に住むお鈴《すず》が、わざわざ神田明神の神輿《みこし》見物に出かけたのは、母親の古くからの知り合いが手古舞《てこま》いに出るからだった。お鈴の母親のおもとは一人で行くのが心細く、お鈴に同行を頼んできたのだ。

おもとは本所横網町《よこあみちよう》の裏店《うらだな》で独り暮らしをしていた。お鈴は一人娘だったので、もちろん、おもとのことは心配である。早く五間堀の家に呼び寄せて一緒に暮らしたかった。だが、おもとの隣りには、おもとの姉が住んでいた。お鈴にとっては伯母に当たる人だ。

伯母のおすさは亭主に先立たれ、子供もいないことから、やはり独り暮らしをしていた。

おもとはその姉を置いてお鈴の所へ身を寄せるのが心苦しく、同居を拒んでいた。だが、おもとの本心は、お鈴の亭主の音松《おとまつ》が嫁の母親と伯母の面倒を見られない甲《か》斐性《いしょう》のなさに腹を立てているのだ。

「二人とも五間堀に来て一緒に暮らしなよ」と音松が言うのを待っているのかも知れない。

音松はそんな太っ腹なことは言わない。いや、言えない。今だって夫婦二人で食べるのが精一杯なのに、母親はともかく、伯母の面倒までは見られない。面と向かって音松に言われた訳ではないが、お鈴は音松がそう思っていると察していた。

娘夫婦に世話になっていないせいもあろうが、おもとは音松に対して遠慮がない。だいたい、おもとが音松を褒《ほ》めたことはただの一度もないのだ。二言目には、あの呑兵衛《のんべえ》だの、がらくた屋だのと、こき下ろす。実際、おもとの言う通りだから、お鈴も返す言葉がない。おもとは酒好きの亭主を持って、さんざん苦労したから、せめて娘だけは酒を飲まない男の所へ嫁がせたかったのだ。

しかし、世の中は思い通りにいかない。

お鈴は音松と所帯を持って十年以上も経《た》つが、よほどのことがない限り、おもとの方から五間堀へ足を向けることはなかった。おもとは着物の仕立ての仕事をしているので、忙しいことを理由にするが、お鈴はどこか寂しさを感じていた。特におもとの好物のお菜《さい》を作る時、おっ母《か》さん、ひょいと顔を出さないだろうかとお鈴は思ってしまう。そんなことは滅多になかったのだが。

だから、おもとの方から、明神さんの神輿行列を見物しに、一緒に行っておくれでないかと言われた時は大層嬉しかった。おすさは膝《ひざ》が悪いので、祭り見物には誘えなかったらしい。

神田明神の手古舞いに出る知り合いとは、柳橋で芸者をしている豊八《とよはち》のことだった。豊八はおもととさして年の差のない四十八だ。芸者としては年増《としま》も年増、大年増である。

その豊八が若い者に混じって手古舞いに出るというのだから元気なものである。豊八はでっぷりと太っていて、お座敷に出る時は髪も大造りに結うので、なおさら顔が大きく見える。お世辞にも褒められたものではない。それでも喉がよく、客あしらいもいいので贔屓《ひいき》がついていた。豊八は清元《きよもと》の名取りでもあった。

お鈴は祭礼の当日、横網町におもとを迎えに行き、両国橋から舟で日本橋へ向かった。

神田明神の神輿行列は町々を練り歩き、日本橋を渡って京橋で折り返す行程である。お鈴は日本橋で豊八の手古舞いを見物する段取りをつけた。日本橋なら、折り返した時、もう一度、豊八の姿が見物できると思ったからだ。他の町では通り過ぎて終わりだった。

だが、日本橋だろうが、どこだろうが、見物客が繰り出して、通りは立錐《りっすい》の余地もなかった。ぼやぼやしていたら、おもととはぐれてしまいそうだった。おもとはお前と一緒でよかったとお鈴に言った。おもとは何度も人とぶつかりそうになり、その度にお鈴に腕を取られていたからだ。しっかりしていると言っても、おっ母さんもそろそろ年だ、お鈴は胸で独りごちた。

各町の山車《だし》と神輿を担ぐ男達に混じって手古舞いの芸者衆の一団がやって来ると、二人の眼は一心に豊八の姿を探した。手古舞いの芸者衆は髪を男髷《おとこまげ》に結い、着物の右肩を脱いで派手な襦袢《じゆばん》を見せていた。伊勢袴《ばかま》に手甲《てつこう》、脚絆《きやはん》、足袋《たび》、草鞋《わらじ》履き。背中には花笠を括《くく》りつけ、手には錫丈《しやくじよう》と牡丹を描いた黒骨の扇子を携《たずさ》え、木遣《きや》りをうたいながら舞い歩いていた。居並ぶ芸者衆の中で、やはり豊八は人目を引いた。

顔見知りの客は豊八へ盛んにからかいの言葉を掛ける。

「おうおう、大丈夫かい。引っ繰り返ったって、その体格じゃ、誰も運べねェぜ」

豊八は踊りの合間に、客に向けて、ぶつような仕種《しぐさ》をした。その度に見物客からどっと笑いが起きた。

「お鈴。豊八姐《ねえ》さんの衣裳は、あたしが縫ったんだよ」

おもとは興奮した口調でお鈴に教えた。

豊八はおもととお鈴に気づいて、扇子で合図を送った。周りの人々は苦笑交じりに二人を見た。あの太っちょの芸者の知り合いかいという表情だった。

皆んなは知らないのだ。豊八がどれほどの美声かを。お鈴は木遣りではなく、豊八の清元節を聞かせてやりたかった。それも祭礼にふさわしい「神田祭」を。

〽ひと年《とせ》を、今日ぞ祭りに当たり年、警護手古舞はなやかに、飾る桟敷《さじき》の毛氈《もうせん》も、色に出にけり酒《ささ》きげん、神田囃子《ばやし》も勢《きお》いよく、来ても見よかし花の江戸、祭りに対の派手模様、牡丹、くわん菊、裏菊の、由縁《ゆかり》も丁度、花づくし、祭りのなァ、派手な若い衆が勇《いさ》みにいさみ、身なりそろえてヤレ囃せソレ囃せ、花山車、手古舞、警護に行列よんやさ。

豊八が艶《つや》っぽく口ずさむ「神田祭」は、そのまま神田明神の祭礼を活写していた。子供の頃、豊八はお鈴に、その「神田祭」をうたって聞かせたことがあった。子供ながらお鈴はすっかり、その喉に魅了された。

豊八はお鈴を可愛がっていたので、清元の稽古をつけてくれると言った。なに束脩《そくしゅう》（謝礼）などは取らないと太っ腹に言い添えた。

大いに気を惹《ひ》かれたが、一人で豊八の家を訪れるのに気後《きおく》れを覚え、とうとう習わずじまいになってしまった。今頃になって、あの時、習っておけばよかったと後悔していた。

芸は身を助くという諺《ことわざ》もある。もっとも、古道具屋の女房には無用のものであるが。豊八が祭礼の手古舞いに出るのも、あと何回もないだろう。芸者稼業をそろそろやめたいということも言っていた。

じっと家にいたら、ますます太ってしまうのではなかろうか。お鈴はつい、余計な心配をしてしまう。豊八は酒も甘いものも好きな両刀遣いだった。羊羹《ようかん》を食べながら酒を飲むのは豊八ぐらいのものだろう。音松にそれを言うと、「うへェ」と、大袈裟《おおげさ》に顔をしかめたものだ。

神輿行列が去ると、お鈴は近所の蕎麦屋におもとを連れて行った。うまそうにおもとは蕎麦を食べたが、勘定をする段になってお鈴が支払おうとすると眼を吊り上げた。

「お前に奢《おご》って貰うほど落ちぶれちゃいないよ」

おもとは虚勢《きよせい》を張り、さっさと二人分の蕎麦代を払ってしまった。多分、日本橋へ同行した礼のつもりなのだろうが、それならそうと素直に言えば、お鈴も快くご馳走になったのだ。お鈴はむっと腹が立った。

帰りの舟の中では、とうとう二人は口も利かなかった。本所に着くと、「あい、お世話様」、おもとはつっけんどんに言って横網町の裏店にそそくさと戻って行った。おもとの所で茶の一杯も飲むつもりだったお鈴は呆気に取られ、「愛想なしは相変わらずだこと」と皮肉で返した。おもとは振り返ってぎろりと睨んだが、お鈴はそのまま五間堀に踵《きびす》を返していた。

二

神田明神の祭礼が終わると、江戸の秋は深まる一方である。お鈴はこんにゃくを串に刺し、田楽《でんがく》の下拵《したごしら》えをしていた。三角に切ったこんにゃくを串から外れないように刺す手際は、料理茶屋「かまくら」を営む勘助《かんすけ》から教わった。

こんにゃくに絡《から》める味噌だれは赤味噌を酒と砂糖で溶き、焦《こ》がさないように煮詰める。好みで柚子や生姜《しょうが》の汁を落とせば乙だという。

味噌だれはうっとりするほどいい味に仕上がった。後はこんにゃくの用意だ。

食べる時は鍋に湯を沸かし、その中でこんにゃくを温める。水気をさっと拭って味噌だれを掛ければ、屋台に負けないお鈴田楽のでき上がりである。ふっとおもとの顔が脳裏を掠《かす》めた。あれからおもととは会っていなかった。お鈴は一抹の寂しさを感じながら、串刺しの作業を続けた。

「ごめん下さい。お頼みします」

店先から若い娘の声がした。それとともに、キャッキャと子供がふざけるような声も聞こえた。

「はあい、ただ今」

お鈴は前垂れで手を拭うと店に出て行った。

若い娘というより、まだ十二、三の少女と五歳ぐらいの男の子が店の土間口にいた。男の子は並べられている品物に興味を惹かれた様子で、鋳物《いもの》の亀に小さな手でそっと触《さわ》った。少女が「触らないの」と、甲高い声で叱った。

きょうだいらしい。二人の恰好は垢《あか》じみていた。物貰いではなかろうかと、一瞬、思ったほどだ。

「ここは道具屋さんですね」

だが、少女は存外にしっかりした口調で訊《き》いた。

「はい、そうですけど……」

「あの、簪《かんざし》を買ってほしいのですけど」

「簪？」

「ええ。おっ母さんが病《やまい》に倒れて働けなくなり、お米を買うお金もなくなったんです。それでおっ母さんが簪を売って来いって言ったんです。質屋さんより道具屋さんの方がいいだろうって。それでこちらへ来ました」

「あんた達、この辺の子？」

そう訊くと、男の子は少女の顔を見上げた。

少女は何も言うなという感じの目つきをした。

「この辺の子じゃないでしょう。悪いけど、子供から品物は買わないことにしてるんですよ」

お鈴はやんわりと断った。

「でも、それじゃ、おっ母さんに叱られる。小母《おば》さん、後生です。簪を買って下さい」

少女は切羽詰まった顔でお鈴に縋《すが》った。

「どんな簪？」

お鈴は試しに訊いた。少女は帯に挟《はさ》んでいた紫縮緬《ちりめん》の袱紗《ふくさ》を取り出し、そっとお鈴の前に置いた。袱紗は色が褪《さ》めていたが上等の品物だった。

「拝見致しますよ」

お鈴は顎《あご》をしゃくって袱紗を開いた。中から年代物の簪が出てきた。こちらも上等の品だった。

「玉はびいどろで、周りは銀細工です」

少女はお鈴の顔色を窺《うかが》いながら言う。

「ええ、それは見りゃわかりますよ」

お鈴は少女をいなすように応えた。そういう簪を挿《さ》す娘は町家でも滅多にいない。大名のお姫様ぐらいだろうと思った。

「どうしてこれがあんたの家にあったの？」

そう訊くと、少女はつかの間、言葉に窮《きゆう》した。だが、「おっ母さんが、昔奉公していた家の奥様からいただいたそうです」と応えた。

「ずい分、ご大層なお家に奉公していたのだね」

お鈴は皮肉ではなく、半ば感心して言った。

「おっ母さん、それを持って死んだお父っつぁんと祝言を挙げたんです。お父っつぁんは呉服屋の番頭をしていて、あたし達、倖せに暮らしていました。でも、金助《きんすけ》が生まれる少し前にお父っつぁんは病で死んだんです。それからおっ母さん、女手一つであたし達を育ててくれたけれど、無理が祟《たた》って病になっちまったんです。お願いです。あたし達を助けて下さい」

「でもねえ……」

お鈴は簪と少女の顔を交互に見て思案した。

音松は出かけていたので、その簪に妥当な値がつけられなかった。だが少女は二朱でいいと執拗《しつよう》に迫った。二朱は銭に換算すれば五百文だ。いい客がつけば一両か、もしかしたら、それ以上に売れる品だと思った。

「いいの？　二朱で。おっ母さんに叱られない？」

お鈴は念を押した。

「ええ」

少女の顔が喜びでほころんだ。お鈴は内所《ないしょ》へ引っ込み、長火鉢の引き出しから二朱を取り出して少女へ渡した。少女はこくりと頭を下げると、小さな巾着《きんちゃく》の中へそれをしまった。

「おね、腹減った」

男の子は台所から流れてくる田楽味噌の匂いに鼻をひくひくさせた。男の子は金助と呼ばれていたが、少女の名前はおねというのだろうか。

「おねちゃんなの？」

そう訊くと、少女は恥ずかしそうに首を竦《すく》めた。

「いえ、あたしの名前はつぎです。金助は弟だからお姉ちゃんと呼ばせたかったんですけど、口が回らないので、おねとしか言えなかったんです。それがそのままになっちまって」

「そう、おつぎちゃんなの」

金助とおつぎの顔は、あまり似ていなかった。おつぎは涼し気な眼をしていたし、金助はくりっと大きな眼をしている。女の子は父親に、男の子は母親に似ることが多いので、二人の顔は両親から等分に引き継いだのだろうと、お鈴は思った。

「坊《ぼう》、お腹が減っているのかえ。小母さん、こんにゃくの味噌田楽を拵えているのだけど、食べてみる？」

お鈴がそう訊くと、金助は「うん！」と張り切って応えた。おつぎは気の毒そうな顔で、「小母さん、すみません」と言った。

「いいのよ」

お鈴は台所に戻り、慌てて竈《かまど》に鍋を掛け、湯を沸かした。こんにゃくの串を六本その中に入れ、温めた。子供だから、それほど熱くしなくてもいいだろうと考え、適当なところで引き上げ、皿にのせ、味噌だれを掛けた。

「さあさ、お上がり」

お鈴は店座敷に二人を座らせ、田楽を振る舞った。

「うめェ」

金助は感歎の声を上げた。口の周りが味噌だれで盛大に汚れた。お鈴は「まあまあ」と言いながら金助の口を拭ってやった。おつぎも空腹だったようで、嬉しそうに頬張っていた。三本ずつのこんにゃくを二人はまたたく間に平らげた。

「もっと食べる？」

お鈴が訊くと、金助は肯《うなず》く。おつぎは遠慮して金助を制したが、お鈴はいそいそと台所に戻った。子供の喜ぶ顔を見るのがお鈴は好きだった。まして自分の手料理を喜んでくれるとならばなおさら。

お鈴は、もう二本ずつ食べさせようと、鍋の中へ串を入れた。その合間に、お鈴は二人の好物は何かとか、神田明神の神輿見物はしたのかとか、埒《らち》もないことを訊《たず》ねた。最初はおつぎが一々応えていたが、その内に何も応えなくなった。金助もおとなしくなった。お鈴は少し妙な心持ちになったが、そのままこんにゃくをゆがき続けた。

お代わりを持って店に出て行くと、どうした訳か二人の姿がなかった。待ち切れずに帰ってしまったのだろうか。吐息をついて何気なく帳場の机に目をやると、買い取った簪が袱紗ごとなくなっていた。やられたと気づいたのは、その時だった。

お鈴は慌てて下駄を突っ掛け、表に出た。

案の定、二人の姿は影も形もない。諦め切れず、六間堀の方まで追いかけてみたが、二人を見つけることはできなかった。品物をそのままにしたのがいけなかったのだ。悔やんでみても後の祭りだった。深い吐息をついてお鈴は店に戻った。念のため、その辺を探してみたけれど、やはり簪はなかった。

おまけに、金助が触っていた鋳物の亀もなくなっている。

あんな無邪気な表情の子供達が騙《かた》りを働くとは思いも寄らない。だが、このまま放っておくこともできず、お鈴は自身番へ届けを出しに行くことにした。

三

北森下町《きたもりしたちょう》の辻《つじ》にある自身番小屋へ行くと、土地の岡っ引きの虎蔵《とらぞう》が見廻りから戻って煙管《きせる》を使っていたところだった。

お鈴を認めると、煙管を唇から離し、「どうしたい、浮かねェ顔をして」と、心配そうに訊いた。年中、外廻りをしているので、虎蔵の顔は渋紙色《しぶかみいろ》に陽灼《ひや》けしている。

「親分、騙りに遭《あ》っちまいましたよ。それも子供に」

「餓鬼の騙りィ？」

虎蔵は一瞬、呆気に取られたような表情になったが、その後で咳《せ》き込むような笑い声を立てた。

「笑い事じゃありませんよ。あたし、二朱と売り物の鋳物の亀を損しちゃったんですよ。うちの人が帰って来たら、きっと叱られる」

お鈴は意気消沈して俯《うつむ》いた。

「どんな餓鬼よ」

虎蔵は灰吹きに煙管の雁首《がんくび》を打ちつけて、ようやく訊いた。お鈴は金助とおつぎのことを思い出しながら話した。計画的だとすれば、二人の名前は偽名かも知れない。だが、

「おね」と呼び掛けていた金助の口癖は素《す》のものに感じられた。

「これァ、あれだな。餓鬼の後ろに糸を引いてる野郎がいるな」

虎蔵は自身番の煤《すす》けた天井を睨んで独り言のように呟いた。

「母親が病に倒れたって言っていましたよ」

「それも拵え話だろう」

「……」

「何んでまた、簪をそのままにして二人の傍《そば》から離れたのよ」

虎蔵は詰《なじ》る目つきでお鈴に言う。

「金助って男の子がお腹が空《す》いたと言ったんですよ。それであたし、ちょうどこんにゃくの味噌田楽を拵えていたので、ちょいと食べさせてやりたくて……」

「こんにゃくの味噌田楽か。うまそうだな。おれでも喰いてェ」

虎蔵は悪戯っぽい顔になった。

「よかったら、帰りにうちへ寄って下さいましな。おすそ分けしますよ」

お鈴はすぐに言い添えた。

「人がいいなあ、お鈴さん。お前《め》ェさんの人のよさを、その餓鬼達は最初《はな》っから承知していたのかも知れねェぜ」

「そんな」

「いつもいつも、店前を通りゃ、いい匂いをさせて喰い物を拵えている。うまそうだなと言や、丼《どんぶり》によそって分けてくれる。お鈴さんよう、お前ェさん、その人のよさを、ちったァ控えたら、もっと銭が貯《た》まるぜ」

虎蔵はつかの間、真顔になって言った。

「親分。ですけどね、うちの人の所へ毎日のように友達がやって来るんですよ。来ればお酒になる。肴《さかな》がいりますよ。何もないと言えば、うちの人は機嫌が悪いの。ぷいっとよそへ飲みに行っちまう。飲み屋さんの支払いをするより、うちで飲ませた方がよほど安上がりだ。だから、何かしら毎日用意しているだけですよ」

「幕張《まくはり》は昔っからダチとつるんで歩く男だった。何十年もつき合いが切れねェというのも、おれから言わせりゃ奇特なこった」

虎蔵は半ば感心して言う。

「ま、人のうちのことまで、おれァとやかく言うつもりもねェ。お前ェさん達夫婦がそれでいいなら、結構毛だらけ猫灰だらけ、てなもんだ。騙りの餓鬼達のことは、おれもあちこち当たってみるぜ」

「お願いします」

虎蔵はそう続ける。

「ただし、銭が戻るかどうかはわからねェぜ」

虎蔵はお鈴に釘を刺した。

鳳来堂《ほうらいどう》へ戻ると、音松が帰っていた。

冷めてしまったこんにゃくをぱくついている。

「こんな所へ田楽を出していたら、野良猫にかっぱらわれるぜ」

「もう、かっぱらわれちゃった」

お鈴は気の抜けた声で言った。

「ええ？」

「頭の黒い子猫二匹に」

「どういうことよ」

音松は口を拭ってお鈴に向き直った。お鈴は仕方なく、経緯《いきさつ》を打ち明けた。眼を吊り上げて怒るかと思ったが、音松は「そうけェ。ま、仕方がねェな、起きてしまったことは」と、存外にあっさりと応えた。

「怒らないの？」

「怒ったってどうしようもねェ。お前ェが悪事を働いた訳でもなし。その餓鬼達、お前ェからせしめた銭で今夜は晩飯にありつくことだろうよ。施《ほどこ》しをしたと思いねェ」

「……」

お鈴もそう思いたいが、時間が経つ内に次第に腹が立っていた。その腹立ちは、あの子供達より、未然に防げなかった自分の迂闊《うかつ》さに対するものだった。いい年をして、何をやっているんだかという気持ちだった。

「しかし、びいどろの簪たァ惜しいことをしたな。恩田《おんだ》様にでも声を掛けりゃ、きっといい値で引き取ってくれたものをよ。お鈴、これからはおれのいねェ時、余計なことはすんなよ」

音松はその時だけちくりと言った。

「あい、今度から気をつけますよ」

お鈴は殊勝に応えた。

四

「お鈴さん、災難だったなあ」

かまくらの勘助が気の毒そうに言った。その夜の酒の肴はこんにゃくの田楽ではなく、お鈴が騙りに遭った話が主役だった。

「おれに言わせりゃ、そういう話は別に珍しくもねェやな」

駕籠《かご》舁《か》きの徳次《とくじ》は前歯でこんにゃくを噛みながら応えた。

「それはお前ェが、しょっ中、似たようなことをしているからよ」

酒屋「山城屋《やましろや》」の房吉《ふさきち》が訳知り顔で言う。

「お言葉だが房吉よう、駕籠舁きの給金がどれぐらいのものか知らねェから、そんな口が叩けるんだ。まともにやっていたら、ひと月暮らすのも容易じゃねェのよ。ちったァ、客に酒手を弾《はず》んで貰わなきゃ、ひともがきもできやしねェ」

徳次は駕籠を担ぐことを、駕籠舁き仲間の隠語で「もがく」と言う。

「夏に組合の寄合が柳橋であったんだよ。その夜は珍しく盛り上がって、おいら、ちょいと酔ってしまった。柳橋から本所の六間堀まで、素面《しらふ》の時ならどうということもない道のりだが、その時は一町歩くのも大儀だった。徳次でもいないかなあときょろきょろしても、あいにく、影も形もない」

勘助はぼそぼそと話を始めた。勘助は大したことでなくても、人におもしろく話をする技に長《た》けていた。若い頃は噺家になりたかったそうだ。

「ああ、あの夜のことは覚えているぜ。おれは吉原《なか》で客待ちしていた。うまい具合に柳橋へ行く客がいたら勘ちゃんを乗せてやろうと心積もりしていたが、世の中、そうそううまい具合にはいかねェよな」

徳次が応えると、房吉は「んだな」と相槌《あいづち》を打った。

「仕方がない、ぶらぶら帰るかと覚悟を決めておいらは歩き出した。すると両国橋の袂《たもと》から、いきなり、へえ、駕籠でござい、と駕籠舁きが現れたんだ」

帰りなみでやるから乗っておくんなさいという。少し酔いが醒めていた勘助は六間堀までは すぐだからいらないと応えた。

「そんなことをおっしゃらず、二朱でやっておくんなさい」

駕籠舁きは執拗に誘う。両国橋から六間堀まで二朱は幾ら何んでも高過ぎる。

「二朱なら吉原から日本橋までの手間賃だ」

徳次が口を挟んだ。そうか、二朱とはそんな値《あたい》があるのかとお鈴は内心で思った。よりによって二朱が出てくるのも皮肉だった。

幕府が定める「御定賃銭《おさだめちんせん》」によれば、駕籠舁き人足の手間賃は一人百二十五文とされている。駕籠は二人で担ぐから二百五十文、一朱が妥当な値である。

「一朱なら乗ってやろう」

勘助は駕籠舁きにそう言って四ツ手駕籠に乗り込んだ。ところが最初は駆け足だったものが途中から息杖《いきづえ》を突いて、呑気《のんき》に歩き出した。

「おい、ちょいとお練《ね》りじゃねェか」

勘助がそう言うと、駕籠舁きは、「相棒が腹が痛ェと言っておりやす。旦那、もうちいっと酒手を弾んで下せェ。そしたら我慢させやすんで」と応えた。勘助は冗談じゃない、歩いても帰れる道のりを一朱でいいというから乗ったんだ、これ以上は一文だって出すものか、と凄《すご》んだ。

駕籠舁きはむっとした様子だったが、それから少し足を早めた。

「へい、旦那、着きやした」

やがて駕籠舁きは勘助にそう言った。勘助が駕籠を降りると、そこは六間堀ではなく、東両国広小路の真ん中だった。すでに床見世《とこみせ》（住まいのついていない店）も芝居小屋も店仕舞いして、辺りは閑散としていた。

「おいらは六間堀と言ったはずだ。馬鹿にしやがって！」

勘助は駕籠舁きを睨んだ。

「馬鹿になどしておりやせんよ。旦那、約束の二朱を下せェ」

駕籠舁きも喧嘩腰で手を出す。駕籠舁きは勘助を甘く見ていた。今でこそ鷹揚《おうよう》な顔をしているが、十九、二十歳の頃は三日にあげずに喧嘩三昧の日々を送っていた男だった。音松達は何度も仲裁に行ったものだ。

勘助は駕籠舁きの頬をいきなり張った。驚いた二人は息杖を武器に立ち向かってくる。それを脱いだ羽織で振り払い、腰を蹴飛ばし、挙句は息杖を奪って、したたか二人を打ちすえた。駕籠舁きは悲鳴を上げて逃げ出したという。

「とんだ立ち回りだの」

音松は苦笑交じりに言った。

「勘助さん、無茶はいけませんよ。相手によっては怪我をしたかも知れませんよ」

お鈴も窘《たしな》めた。勘助は悪戯っぽい顔で「あい」と応える。

「そいつ等も気の毒なこった」

徳次だけは同情して言った。

「なに、あいつ等も商売だ。殴られた上に只乗りされたとなったら肝も焼けるだろうと思って、駕籠の座蒲団《ざぶとん》に一朱を置いてきたよ」

勘助は徳次をいなすように応えた。徳次は安心したように、「さすが勘ちゃんだ」と笑った。

「だが、そんな雲助まがいの駕籠舁きは客の迷惑だ。どこの見世の奴等だろうな。わかっていたら、うちの親方から文句を言って貰うのによ」

徳次は言い添える。

「よせよせ。お前ェが人のことを言えた義理か」

房吉は口を挟んで、今度は徳次の武勇伝を語り始めた。お鈴は酒を取りに台所へ向かった。いつもは興味深く男達の話に耳を傾けるお鈴だったが、その日ばかりは心が浮き立たなかった。この世は人を騙したり、騙されたりの繰り返しなのか。あの金助という子も、姉のおつぎも、いずれいっぱしの悪人となるに違いない。そう考えるとお鈴の胸は切なく痛んだ。だが、こんにゃくの味噌田楽を頰張った二人の表情は無邪気だった。

空腹を満たすための騙りだとしたら、そんなことをするより、小母さんの所へおいでと言ってやりたい。食べさせるぐらいならお鈴にもできる。

その夜は月もない暗い夜だったが、煙抜きの窓からは滲んだような星がひっそりと瞬《またた》いていた。

五

無沙汰をしていたおもとの所へお鈴が顔を出したのは神無月《かんなづき》に入ってからだった。神田明神の祭礼であんな別れ方をしたのに、そこは親子、「あら来たのかえ」と、おもとが言えば、「ええ、ちょいと座禅豆《ざぜんまめ》（黒豆）を拵えたので」とお鈴も応える。

「おや、それはおかたじけだねえ。豊八姐さんが見えてるんだよ。ちょうどよかった」

おもとは如才なくお鈴を中へ促した。

狭い茶の間では豊八の姿が窮屈そうに見えた。

「姐さん、この間の手古舞いはご苦労さんでしたねえ。翌日は足が痛かありませんでしたか」

お鈴は三つ指を突いて挨拶《あいさつ》すると豊八の労をねぎらった。

「痛いどころか、すっかり腫れちまってさあ、三日も按摩の世話になったよ」

豊八は、はちきれそうな顔に笑みを湛《たた》えて応えた。

「あらあら」

「おもとさんとお鈴ちゃんに見て貰って、わっちは嬉しかったよ。よく日本橋まで来ておくれだったねえ。ありがとう」

「そんなお礼を言われるほどのことでもありませんよ。お蔭でおっ母さんと久しぶりに一緒に出かけられたんですもの」

「でも、帰りに喧嘩しちまいましたよ。何しろ、この子は人を年寄り扱いするんでね」

おもとは座禅豆の丼と小皿を出しながら言う。

「いいじゃないか。わっちなんざ喧嘩をする相手もいないよ」

豊八は寂しそうに言った。おもととお鈴はそっと顔を見合わせた。豊八は母親を抱えていたので輿入《こしい》れする機会を逃してしまったと言っていたが、それは口実で、実は妻子のいる男と長い間、相惚《あいぼ》れの仲だった。一時はその男も妻子と別れて豊八と一緒になるところまで進んだが、色々と不都合が出てうまくいかなかったらしい。

「あら、おいしそうな座禅豆。お鈴ちゃんは音松っつぁんと一緒になってから料理の腕が上がったね。昔はお米もろくに研《と》げなかった」

「姐さん。それは大袈裟ですよ」

豊八はお鈴に小母さんと呼ばせない。昔から姐さんだった。

「お鈴の亭主はさあ、とにかく人を寄せるのが好きな男で、お鈴も大変なんですよ」

おもとが口を挟んだ。

「人の集まる家はいいんだよ」

豊八は座禅豆をおちょぼ口に入れながら言う。顔は大きいが口許だけは小さく可愛らしかった。

「そうでしょうか」

「ああ、そうともさ。それで家が栄えるんだ」

「姐さん。所詮、あんながらくた屋、栄えるといっても知れてますよ」

おもとはいつものように憎まれ口を叩いた。

「そんなこと、わからないよ。音松っつぁんのがんばりで江戸一番の道具屋になるかも知れないもの。おまけに倅《せがれ》が質屋に修業に出ているというじゃないか。楽しみだねえ。わっちは今からでも養子を迎えようかしらん」

「姐さん。姐さんの所へ養子に来るという者は財産狙いですよ。せっかく貯めたお宝を持っていかれる。よした方がいいですよ」

おもとは夢見るような表情になった豊八へずばりと言った。

「この間ねえ、そこの広小路で五歳ぐらいの男の子が迷子になっていたんだよ。姉とはぐれたらしくてさ、わあわあ泣いていた。わっちは可哀想でしばらく傍についててやったよ」

豊八はふと思い出したように言った。

「手拭いで顔を拭いてやったらさ、手拭いが真っ黒になっちまった。親がついていたら、もっと小ぎれいにさせているはずだ。きっと、ふた親はいないんだろう。親戚でも面倒を見ているのかねえ。あの年頃はちょろちょろして落ち着かないから、しょっ中、叱られたり、ぶたれたりしているんだろう。顔がねえ、紫色になっていたよ。ようやく姉がやって来たけど、その姉の顔もぶたれたような痕《あと》があった。あんまり不憫《ふびん》だから二人をわっちの家まで連れて行ったのさ」

お鈴の胸にこつんと響くものがあった。

「姐さん、何か盗られなかった?」

「おや、どうしてわかるんだえ」

豊八は怪訝《けげん》そうにお鈴を見た。

「びいどろの簪を買ってくれと言わなかった?」

「いいや、わっちに亀の置物を買ってくれと言ったよ。一朱でいいからってさ」

いよいよ間違いない。例のきょうだいだ。

「それで出したんですか」

お鈴は豊八の言葉を急《せ》かした。

「ああ。亀は縁起物だからね。そしたら、わっちがちょいと目を離した隙に亀を持って
い、い、とんずらしちまった」

豊八は騙りに遭ったというのに愉快そうに話す。お鈴はいらいらした。

「姐さん。呑気にしている場合じゃありませんよ。その亀はうちの店の売り物だったんですから」

「まあ」

豊八はようやく真顔になった。

「そいじゃ、お前もやられたのかえ」

おもとはいまいましそうに訊く。

「ええ……」

「何んて迂闊なんだ。たかが五つ、六つの子供に」

「でも姉の方は十二、三だったから頭が回りますよ」

「そんなことしなくてもさあ、ちゃんとした大人がついていれば、まっとうな道を歩けるのに」

豊八はきょうだいが不憫で袖で眼を拭った。

お鈴は半刻（一時間）ほどしておもとの家を出た。豊八は、今夜はお座敷がないので、

おもとの所で一緒に晩飯を食べると言っていた。

お鈴はそのまま五間堀に戻るつもりだったが、ふと思いついて回向院《えこういん》前の東両国広小路へ足を向けた。もしかしたら、あのきょうだいに出くわすかも知れないという気がした。

東両国広小路は、大川を挟んだ所にある西両国広小路とともに江戸の繁華街だった。日中は人の往来が多い。お鈴は二人の姿を探しながら、ついでに小間物の床見世に入り、湯屋へ行った後でつけるへちま水と、音松の使う耳搔きを求めた。

そろそろ陽が傾き始め、気の早い者は店仕舞いをしている。子供は大抵、大人と一緒で、きょうだいだけというのはいなかった。

吐息をついて家に戻ろうとした時、お鈴はけたたましい子供の悲鳴を聞いた。ぎょっとして振り向くと、着物の上に、じょろりとした半纏《はんてん》を羽織った男が加減もせずに子供を打ちすえていた。

通り過ぎる人は皆、見て見ない振りをしていた。ぶたれていたのは紛れもなく金助だった。傍でおつぎが必死に庇《かば》っていたが、三十五、六の男は容赦しなかった。挙句に庇ったおつぎの腰を足蹴《あしげ》にした。おつぎは地面に引っ繰り返った。

「ちょっと！」

お鈴はたまらず男の前に出た。

「子供に何んてことをするんですか」

「誰だ、お前ェさん」

人相が悪い。まっとうな仕事をしていないのは明らかである。

「誰でもいいですよ。人の目もあるというのに」

「放っといてくんな。お前ェさんには関わりのねェこった」

「そうですかねえ。あんたに関わりがなくても、こっちには関わりがあるんですよ。あんた、子供を使って何をしているんですか。ちょいと自身番で話を聞かせていただきましょうか」

お鈴と男の周りに人垣ができた。おつぎはその隙に金助の手を取って逃げようとした。お鈴はそうさせなかった。

「駄目よ。ここにいるの」

「小母さん、堪忍して下さい」

おつぎは涙声で縋った。

「あんた達は悪くない。それはようくわかっている。悪いのはこの男だ」

そう叫んだ途端、男の大きな掌《て》はお鈴の頬を張った。お鈴は思わずよろけた。おつぎが「小母さん!」と悲鳴を上げ、男を睨んだ。

男は構わず金助の腕を引っ張り上げ、連れ去ろうとした時だった。駕籠舁きの息杖が男の脳天に炸裂した。男は頭を抱えて蹲《うずくま》った。

「おかみさん、大丈夫か」

心配そうに訊いたのは徳次だった。

「徳次さん……」

地獄に仏とはこのことだった。

「自身番にこの男を連れて行って。この子達に騙りを働かせているのは、この男よ」

お鈴は震える声を励まして叫んだ。おつぎはお鈴の腕をしっかりと握っていた。

お鈴はおつぎと金助を五間堀の鳳来堂へ連れて行った。その夜は泊まらせるつもりだった。

しかし、話を聞いている内、無宿者ふうの男がきょうだいの義理の父親だということがわかった。実の父親が死んだ後、きょうだいの母親はその男と所帯を持ったのだ。男の名は直吉《なおきち》と言い、母親より七つも年下だった。

母親は金助とおつぎに暴力を振るう男に何も言えなかったらしい。母親にとって、直吉が縋りつける唯一の男だったのだ。だが、直吉は仕事についてもすぐやめてしまう怠け者だった。当然、金には詰まる。母親に何んとかしろと凄み、殴る蹴るが始まるらしい。

きょうだいは切羽詰まって事に及んでいたようだ。

音松は金助を湯屋へ連れて行った。戻って来ると、今度はお鈴がおつぎを連れて行った。

何日も湯に入ったことのなかったおつぎの首筋は垢で真っ黒だった。お鈴は奥歯を噛みしめておつぎの垢を落とした。おつぎは悲鳴を上げたけれど、その顔は嬉しそうだった。

晩飯は四人揃《そろ》って囲んだ。お鈴は魚を焼き、豆腐の味噌汁を拵えた。

二人は脇目も振らずに晩飯をむさぼった。

それを見て、音松はそっと眼を拭う。音松も二人が不憫だったのだ。

さあ、今夜は久しぶりにゆっくり寝ておくれ。お鈴が寝床の用意をして二人に言った時、表戸が無粋に叩かれた。

音松が出て行くと、そこには岡っ引きの虎蔵が立っていた。

「夜分、すまねェな」

虎蔵はそう言って、店座敷の縁《ふち》に腰を下ろした。

「どうでェ、二人の様子は」

「へい、湯屋へ行き、さっき晩飯を喰い終わったところです。これから寝かせようかと思っておりやした」

音松は茶の間を気にしながら応えた。おつぎは何かを察して緊張した顔になったが、「心配しなくていいのよ」と、お鈴は慰めた。

茶を淹《い》れて店座敷に運ぶと、虎蔵はひょいと顎をしゃくった。

「あの男はどうなったんですか」

お鈴は気になって訊く。

「ああ。向こうの自身番でこってり灸《きゅう》を据えられているぜ」

「そうですか」

しかし、そんなことで直吉が了簡《りょうけん》を改めるとは、お鈴には思えなかった。解き放しになれば元の木阿弥《もくあみ》だ。

「それでな、母親が子供達を返してくれと言ってるそうだ」

「でも、もう遅いですから今夜ぐらい泊まらせたいのですけど、いけませんか」

「母親は事情をあれこれ訊かれるのを恐れているのよ」

「そんな」

「仕舞いにゃ、か、か、かどわかしで訴えると凄んだ」

「………」

「実の母親がそう言うんだから仕方あんめェ」

「小母さん……」

後ろからおつぎが声を掛けた。

「あたし達、帰ります」

「でも……」

「おっ母さん、一人でいられない人なの。どうせお義父《と》っつぁん、今夜は自身番に留められるのでしょう？　だったら」

「あんた、それでいいの？　またあの男が戻って来たら、同じことになるのよ」

「仕方がありません。だって、あたし達のお義父っつぁんになった人だもの」

「お鈴。言う通りにしてやんな。おれ達はこれ以上、どうすることもできねェ」

音松は渋るお鈴を制した。

「いい？　ぶたれたら、ここへ逃げてくるのよ。小母さんがきっと庇《かば》ってあげるから」

お鈴は込み上げるものを堪《こら》えながら言った。

「ありがと、小母さん」

おつぎはそう言って、お鈴に何かを押しつけた。それは簪が包まれている袱紗だった。

「でも、これは」

「いいの。小母さんに売ったものだもの。これがあると、またあたし達……」

おつぎは言い難そうに口ごもった。

「ささ、ぐずぐずしていたら刻《とき》を喰う。おれが送り届けるから、お鈴さん、心配すんな」

虎蔵は腰を上げて言った。金助はもう眠くて仕方がないという表情で欠伸《あくび》を洩《も》らした。去って行く二人の姿を、お鈴はやり切れない気持ちでいつまでも見つめていた。逃げ場所を作ってやったことで、おつぎと金助は、少しは気が楽になっただろうか。子供は親を選べないと言うが、本当にそうだ。びいどろの玉簪はすがれた色をしていた。

磨いたら、さぞかし美しい光沢を放つだろう。

思わぬ出物には眼を輝かす音松も、その夜だけは、しんみりと簪に見入っているばかりだった。

六

金助とおつぎは、それから鳳来堂には現れなかった。お鈴は二人のことが気になっていたが、冬仕度のために訪れる客が続き、その相手をしている内、日は過ぎていった。夏の間は無用だった炬燵《こたつ》の櫓《やぐら》、火鉢等が飛ぶように売れる。鳳来堂では新品の半値でそれ等を手に入れることができる。季節の変わり目は鳳来堂のかきいれ時でもあった。

音松は大八車《だいはちぐるま》に品物をのせ、客の住まいに運び、戻って来ると、また別の客の所へ品物を運ぶという繰り返しだった。

夏の間は開けっ放しだった二間の油障子も天気のよい日以外、閉じていることが多い。店座敷の火鉢の上では、鉄瓶が白い湯気を立てている。それも季節柄、ほっと見る者の気持ちを和ませた。

その日、お鈴は魚屋で大安売りだった小ぶりの鰯《いわし》を山ほど求め、大鍋で煮付けていた。頭と腹を取った鰯は一度茹でこぼし、生姜と梅干し、鷹《たか》の爪、それに砂糖、酒、醬油で甘辛く煮付ける。骨まで食べられ、しかも日保《も》ちするお菜だった。梅干しを入れるのがミソで、味が何んともまろやかになるのだ。

ことこと気長に鰯を煮ている間、お鈴は台所で汁の実にする大根を千六本に刻んだ。

「いたかえ」

土間口から聞き慣れた声がした。おっ母さんだ、そう気づくと、お鈴は飛び跳ねるように店に出た。

おもとは岡っ引きの虎蔵と一緒だった。

虎蔵は七厘《しちりん》の鍋が気になるようで、そちらへ視線を向けている。

「親分。帰りに鰯の煮付けをお持ちなさいましな。今晩の一杯のお菜にどうぞ」

お鈴は如才なく勧める。虎蔵は「ありがとよ」と応えたが、その後で短い吐息をついた。

少し様子がおかしかった。おもとも、いつもなら「鰯ごときでご大層に言うよ」などと憎まれ口を叩くのだが、その時は妙に神妙だった。それどころか、おもとの眼は気のせいか赤くなっているようにも見えた。

「何かあったの」

お鈴は恐る恐る訊いた。伯母のおすさに異変でもあったのかと内心で思った。だが、虎蔵が一緒だというのは解せない気もする。

「親分。立ち話も何んですから、むさ苦しい所ですが中へどうぞ」

おもとは返答の代わりに虎蔵を店座敷へ促した。虎蔵は「あ、ああ」と歯切れ悪く肯いて土間口に足を踏み入れた。

お鈴は手早く茶の用意を始めた。

「おっ母さんと親分が一緒にうちへ来るなんて初めてじゃないかしら」

お鈴は不安を覚えていたが、わざと明るい声で言った。

「来る途中の辻で親分とばったり会ったのさ。鳳来堂へ行くところだと言ったら、そいじゃ一緒にってことになった。親分も一人じゃ気後れするって。実はあたしもそうだったから」

「おっ母さん、まどろっこしい。さっさと話してよ」

お鈴はいらいらしておもとの話を急かした。

「あ、ああ。すまなかったね。実は今朝方、豊八姐さんが血相を変えてやって来たんだよ。お鈴に知らせておやりってさ」

おもとはため息交じりに言う。

「だから何！」

そう訊くとおもとは黙り、そっと虎蔵の顔を見た。

「そのう……二人の餓鬼のことよ」

虎蔵は言い難そうに応えた。

「金助とおつぎちゃん？　あの二人、また何かしたの」

「いいや、そうじゃねェ。昨夜、直吉は柳橋の舟宿から舟を借りたらしい。それに二人を乗せたようだ」

「川遊びの季節でもないでしょうに」

「全くだ。四つ（午後十時頃）過ぎに舟は戻って来たが、直吉一人で餓鬼どもの姿はなかったそうだ。舟宿の番頭は、二人はどうしたと訊いたが、直吉は言うことを聞かねェから、途中で舟から下ろしたと応えたそうだ。どうも様子がおかしいんで、番頭は自身番に知らせた。直吉の塒《ねぐら》は馬喰《ばくろ》町の裏店だ。土地の岡っ引きが様子を見に行ったが、二人はまだ帰っていなかった」

「そんな……」

直吉が二人を舟に乗せた意図がわからない。

どこかへ売り飛ばしたのだろうかともお鈴は思った。

「母親は酒を喰らって高鼾《いびき》よ。とても話は聞けなかったらしい。仕方ねェ、夜が明けたら出直すかと考えて、岡っ引きは、ひとまず引き上げた。ところが朝になったら……」

虎蔵はそこで言い澱《よど》み、湯呑を手にとってひと口啜った。茶の温度が熱過ぎたらしく、虎蔵はアチチと呻《うめ》いた。

「親分。それで二人は見つかったんですか」

お鈴は構わず、膝を進めて訊いた。虎蔵は応えなかった。おもとは「大川に浮かんでいたんだよ」と、低い声で言った。お鈴のうなじが、その途端にちりちりと痺《しび》れた。

「し、死んでいたの？」

お鈴は確かめるように訊いた。虎蔵は力なく肯いた。

「豊八姐さんは二人が引き上げられるのを見たそうだよ。二人とも真っ裸でさ、姐さんは、さぞかし寒かっただろうと泣いていたよ」

お鈴は黙ったままだったが、涙が自然に頬を伝った。

「もちろん、直吉をしょっ引《ぴ》いた。最初は川沿いを歩いていて足を踏み外したんだろうとほざいていたが、締め上げるとようやく吐いた」

虎蔵はお鈴の方を見ずに言う。視線は相変わらず外の鰯の鍋に向けられていた。油障子は一尺ほど開いていた。虎蔵は鰯が気になるから戸を閉めなかったのか、それとも視線の向きを最初から考えてそうしたのか。そこから少し冷たい風が忍び込んでいた。

だが、中にいた三人は、その時、頓着《とんちゃく》するふうもなかった。

「直吉が二人を殺して、それで大川に投げ捨てたのね」

お鈴は袖口で洟を拭いながら訊いた。直吉は二人が邪魔になって事に及んだのだろう。

「直吉を前にしょっ引いた時……回向院前の広小路で奴が二人の餓鬼を殴った時のことよ。そん時、向こうの岡っ引きは、今度餓鬼に手を出したら牢にぶち込んでやると言った。近所にも、もしも奴にそんな様子があったら知らせろと触《ふ》れ廻った。だが、奴は……」

「また性懲《しょうこ》りもなく二人に手を出したのね」

お鈴は怒りを堪えて言う。

「ああ」

「それで知られるのが怖くて二人を殺して川に放り込んだのね」

虎蔵は小さく首を振った。

「違うの？」

お鈴は虎蔵とおもとの顔を交互に見た。

「お鈴。直吉は舟で大川に出ると、金助ちゃんを突き落としたんだよ。おつぎちゃんは弟を助けようとして川に飛び込んだそうだよ。泳げもしないのにさ。川の中でもがいたので、着物がすっかり脱げてしまったのさ。さぞ、苦しかったことだろう」

おもとは観念したように言った。

「直吉はそれを黙って見ていたのね」

「ああ。涼しい顔で舟宿に戻ったのさ」

お鈴の喉元から甲高い悲鳴が洩れた。虎蔵はぎょっとして外の様子を窺った。通行人の何人かは不審そうに鳳来堂へ視線を向けた。

虎蔵は油障子を閉めた。おもとはお鈴の身体を抱き寄せた。お鈴は子供のようにしゃくり上げて泣いた。

「亭主は何をしているのかねえ。慰めるのはあっちの役目じゃないか」

おもとはお鈴に掛ける言葉が見つからず、そんなことを言った。

「あいつァ、肝腎な時に決まっていねェ男よ」

虎蔵はいまいましそうに応える。その時、足音が聞こえ、「うおーい、今、帰ったぜ」と音松の呑気な声が聞こえた。

「ああ、よかった、よかった」

おもとは何がよかったのか知れないが、お鈴から手を離した。

「ちょいと、音さん。慰めてやっておくれ」

おもとはすかさず言って腰を上げた。

「何んだ、おっ姑《か》さん。せっかく来たんだ。晩飯でも喰って行けよ。親分も、どうせ見廻りは仕舞いだろうが」

「こんな日は呑気に晩飯をよばれる気にはならないよ。悪いがこの次に。あい、お邪魔様」

　おもとはそう言って、虎蔵の腕を引っ張った。虎蔵は引き摺《ず》られるように帰って行った。

　その夜、珍しく誰も鳳来堂には訪れなかった。あるいは金助とおつぎの噂を音松の友人達は耳に入れていたのかも知れない。お鈴にどう言葉を掛けてよいかわからず、その夜は遠慮したとも考えられる。

　音松はお鈴の代わりに鰯の煮付けを近所に配って歩いた。お鈴は気が抜けたようになって、それどころではなかったからだ。

　鰯のお返しに卯《う》の花《はな》を貰ったり、漬物を貰ったり、お鈴が何もしなくても膳に晩飯のお菜が並んだ。

「お前さん……」

　お鈴は茶の間で少し横になっていた。音松がそうしろと言ったのだ。音松は自分で酒の用意をして、ちびちび飲んでいた。お鈴はそっと声を掛けた。

「ああ。どうだ、めしを喰う気になったかい」

振り向いた音松の眼が優しい。金助とおつぎのことは音松も胸にこたえているはずだった。

「ううん、まだいい。あの簪だけど……」

「びいどろの簪のことけェ？」

「ええ。あたし、あれを見ると二人を思い出してしまう。ひと思いに売っ払って。それで、そのお金で徳次さんや房吉さんを誘って、かまくらでパアッと遣って」

「お前ェがそう言うんなら売って来るが、パアッとは遣えねェ」

音松は猪口《ちょこ》の酒を苦い表情で飲み込むと、低い声で応えた。

「どうして」

お鈴は半身を起こして音松の顔をじっと見つめた。

「二人の形見の簪だ。そんなふうに遣うのは後生が悪いやね」

「……………」

「どうせなら、寺の坊主に永代供養を頼んでよ、二人が好きそうな菓子でも供《そな》えたら、喜んでくれるんじゃねェか」

「そうね……」

音松の言う通りだった。お鈴はようやくそれに気づいた。

「どうせ直吉は牢屋入りだし、母親は何も手につかねェしよ」

「お前さんは頭が働く人だ。あたしは供養のことなんて、これっぽっちも考えちゃいなかった」

「お前ェはまだ、二人が死んだことなんざ、信じられねェから無理もねェよ」

「いっそ、簪なんてなかったらよかったのよ」

お鈴はそう言って、いきなり小簞笥《こだんす》の上の袱紗を取り上げ、襖《ふすま》に投げつけた。

「よさねェか。そんなことして何んになる」

音松は声を荒らげた。慌てて袱紗を拾い上げ、壊れていないかどうかを確かめた。行灯《あんどん》の仄《ほの》灯りに照らされ、びいどろの玉が鈍く光った。造りは精巧だったので、少々手荒に扱っても、びくともしなかった。

「見ねェ。きれいなもんだ。南蛮から渡って来た玉を大店の主でも簪に作らせたんだろう。女房のためか、娘のためか、それとも惚れた女のためか……簪に罪はねェよ。簪は簪だ。因縁なんざ、古道具屋にゃ無用の文句だ」

音松は吐き捨てるように言った。お鈴はそれ以上、何も喋らず、音松が手にしている簪をじっと見つめた。びいどろの薄紅色はおつぎと金助の頰の色に似ていた。そう、湯上りで上気した時の。それは、今ではこの上もなく哀しい色に思える。

息子の長五郎《ちょうごろう》の顔が見たいとお鈴は思った。

金助とおつぎの分まで長五郎を抱き締めてやりたかった。

秋の夜はしんしんと更けてゆく。

音松は簪を長火鉢の猫板《ねこいた》の上に置いた。コンという音がお鈴の耳に長く尾を引いて聞こえた。

柄杓星《ひしゃくぼし》

一

年が明けてから、江戸は三日と晴天が続いたためしはなかった。慶応四年（一八六八）の初めは終日曇天か、もしくは身体の芯まで凍えそうな雨ばかり。

もうすぐ幕府小納戸役、村尾仙太郎《むらおせんたろう》の許へ嫁ぐことになっていた杉代《すぎよ》は、己れの将来に一抹の不安を覚えていた。すっきりしない空模様は杉代の心の内を反映したものでもあったろうか。

むろん、その不安は理由のないことでもなかった。アメリカのマシュー・カルブレイス・ペリーが黒船と大砲の威力で日本に開港を迫ってから日本の鎖国体制は翳《かげ》りを帯び始めていた。下田、箱館、横浜と、次々開港されていく中、幕府の威力もまた精彩を欠いていった。

攘夷を過激に主張する長州は度々、幕府を脅《おびや》かした。幕府は第一回長州征伐でその勢力を殺《そ》いだものの、しばらくすると、またぞろ長州は勢力を盛り返した。

前将軍徳川家茂《いえもち》は第二回の長州征伐の最中に大坂で死を迎えた。イギリスと結びついた長州は最新兵器を駆使して幕府に抵抗し、その戦《いくさ》は長州が有利に展開した。家茂の跡を継いで将軍に就いた徳川慶喜《よしのぶ》は勝安房《かつあわ》（海舟《かいしゅう》）を介して、長州に一時、休戦協定を申し入れた。

だが、この期に及んでも朝廷がなお幕府に攘夷を迫っていたことが、晴れて将軍に就いた慶喜の悩みの種だった。

攘夷は家茂が朝廷と交《か》わした約束事だった。家茂は孝明《こうめい》天皇に対し、ここ十年の内に攘夷を実行すると豪語していたらしい。

攘夷とは外国人を敵視して日本から追い払うという意味である。家茂が死去したからと言って、その約束事は反故《ほご》にならない。慶喜は苦しい胸の内を抱えて朝廷に再度攘夷を誓った。そうしなければ、慶喜は将軍職を退《の》くしかなかったからだ。

だが、アメリカばかりでなくイギリス、オランダ、フランスが日本に介入して来ている現状で攘夷はどう考えても無理なことだった。

薩摩、長州は攘夷が決行できない幕府を見てとると、倒幕を唱えるようになり、その運動は激化していった。

慶喜は薩長の勢いを一時止める意味で大政奉還を上表した。それが前年、慶応三年（一八六七）十月のことである。結果的にはこれで二百六十余年続いた幕府は崩壊したことになる。

諸藩は当然、混乱に陥《おちい》った。杉代の父親や兄の話の中に攘夷だけでなく勤皇、佐幕という複雑な言葉も含まれるようになった。それ等の言葉は十六歳の杉代には理解できなかったし、父親や兄だけでなく、夫となる村尾仙太郎もあえて杉代に詳しく語ることはなかった。無知であることが、なおさら杉代の不安を募《つの》らせたのだと、後で思ったものだ。

慶喜は将軍職を辞しても政治の一線から退くつもりはなかった。フランスの支援を受け、中央集権国家の大君《たいくん》として君臨する所存でもあったし、朝廷から、いずれ大政委任があるものと信じていたらしい。

だが、力を温存したままの慶喜を不服として朝廷の岩倉具視《いわくらともみ》は大久保《おおくぼ》利通《としみち》等と手を組んで同年十二月にクーデターなるものを起こし、慶喜に官位、領地を返上させる王政復古の大号令となったのである。

これにより、慶喜は単なる一大名となった。

慶喜が失った威信を取り戻すには武力闘争しかなかった。それが鳥羽《とば》・伏見《ふしみ》の戦いである。

まさか幕府の一万五千もの兵が薩長の、たかだか四千の兵に負けるとは、慶喜は、つゆ思いもしなかっただろう。

戦局の悪化が伝えられると、慶喜は家臣を置き去りにして僅《わず》かの側近達とともに天保山沖《ざん》に停泊していた開陽丸《かいようまる》で江戸へ逃亡した。

敗戦処理を任された勝安房は慶喜に恭順謹慎以外、生きる術《すべ》はないと懇々と諭し、慶喜はその言葉に従い上野寛永寺《かんえいじ》にこもった。

二

慶喜が大政奉還を上表してから仙太郎がふっつりと杉代の家である横田家に姿を現さなくなったことは気になっていた。

父の横田兵庫《ひょうご》も兄の極《きわむ》も江戸城に詰めていたので仙太郎の様子を訊《たず》ねることもできなかった。慶喜は将軍に就いてから京都で政務を執っていた。慶喜の留守を狙って薩長の狼藉《ろうぜき》が続き、江戸の治安は悪化していた。

そのために、今年の二月から彰義隊《しょうぎたい》が結成され、市中の警護にあたっている。幕臣達は慶喜が将軍職を辞しても、まだその現状を受け入れられないようなところがあった。

その日も雨だった。憔悴《しょうすい》の色が濃い兵庫と極が久しぶりに雉子橋《きじばし》通りの小川町の家に帰宅すると、それを待ち構えていたように仙太郎が訪れて来た。

杉代の胸は躍った。さっそく母親の登勢《とせ》と嫂《あによめ》の松江《まつえ》とともに酒肴《しゅこう》の用意を始めた。仙太郎が訪れると三人で酒を酌み交わすのがいつものことだったからだ。

だが、三人は客間に入ったまま何やら話し込んでいる様子で、一向に膳を運べという声はなかった。

登勢も松江も仙太郎の訪問の理由をすでに承知していたのかも知れない。

杉代は登勢と松江の表情から俄《にわか》に不安を覚え、そっと客間の傍《そば》に行って様子を窺《うかが》った。

「それで、おぬし、これからどうする」

兄の極の甲走《かんばし》った声が聞こえた。

「さて、それは……」

仙太郎は言葉に窮した。

「ご実家にお戻りなさるか」

兵庫も低い声で訊いている。

「いや、拙者は兄から持参金を持たされて村尾の家に入った経緯《いきさつ》がござる。今更、おめおめと実家には戻られませぬ。また、村尾の養父《ちち》も養母《はは》も、このご時世ですから持参金を返すつもりはなかろうと察しております」

仙太郎の口調に皮肉なものは感じられなかった。淡々と事情を語っていたせいだろうか。

しばらくの間、三人は沈黙していた。その沈黙を破ったのは極の声だった。

「杉代のことはどうする」

杉代は息を詰めた。全身が耳になって仙太郎の次の言葉を待った。

「この縁談、平に撤回致したく、何卒《なにとぞ》、お願い申し上げまする」

その瞬間、堪《こら》えても堪えても杉代の喉から嗚咽《おえつ》が洩《も》れた。

がらりと障子が開き、極は咎《とが》めるような眼で杉代を見た。後ろの仙太郎の蒼白《そうはく》な顔が兄の眼と重なった。

「立ち聞きするとは呆《あき》れた奴だ」

極が非難の声を杉代に浴びせた途端、

「ごめん」

仙太郎は一礼して腰を上げた。そのまま杉代の脇を通り過ぎて玄関に向かう。

「仙太郎様、お待ち下さい。仙太郎様！」

杉代は必死で後を追う。極は杉代の腕を取り「見苦しいぞ、杉代」と叱《しか》った。

杉代はその腕を払い、玄関に向かった。式台の前では登勢と松江が深々と仙太郎に頭を下げていた。

「待って、待って！」

杉代は足袋裸足《たびはだし》のまま仙太郎の後を追った。

登勢と松江の制する声も聞こえたが、杉代は後ろを振り返らなかった。縁談を断られたからと言って、黙って、はいそうですかと引き下がる訳にはいかないと、その時は思っていた。

仙太郎は杉代を避けるように前を走って行く。杉代はどこまでも追い掛けるつもりだった。

一町ほど走ったところで仙太郎は諦《あきら》めたように振り返った。

「仔細《しさい》を、仔細をお話し下されませ」

杉代は荒い息をしたままようやく言った。

くすりと仙太郎は笑った。二十歳の仙太郎はまだ少年のような体型をしていて、表情も幼く感じる時がある。それに比べ、十六歳の杉代は大人びていたので、仙太郎より年上かと言う者がいたほどである。

だが、闇雲《やみくも》に仙太郎を追い掛けた杉代は仙太郎の眼から子供っぽく見えたのだろう。多分、苦笑はそのせいだ。

「仔細はお父上からお聞き下され」

「いやです。わたくしは仙太郎様から直接伺いたいのです」

「困った人だ」

通り過ぎる人々が怪訝《けげん》な眼を向けていた。

それに気づくと、仙太郎は杉代の袖をそっと引き、そのまま堀留の橋を渡り、元飯田《もといいだ》町《まち》の界隈《かいわい》に入った。

仙太郎は目に留まった水茶屋に杉代を促《うなが》した。人目を避け、奥の床几《しょうぎ》に二人は座った。客は商人ふうの男が一人いるだけだった。

その男は入って行った二人に胡散臭《うさんくさ》いような眼を向けた。

仙太郎は小女《こおんな》に麦湯《むぎゆ》と草団子をひと皿注文すると、「ちょっと待ってて下さい」と言って腰を上げた。

「お逃げにならないで」

杉代は縋《すが》るように言った。

「大丈夫ですよ。隣りの店で買い物してくるだけですから」

仙太郎は杉代を安心させるように言った。

官軍の鼓笛隊の音が耳に聞こえる。この頃は「宮《みや》さん宮さん」が流行していた。鼓笛隊が奏でる節は悠長なものだったが、杉代はそれを聞く度に胸の不安が、いやました。不吉なものしか感じられない。徳川家を滅ぼしたいやな曲だった。

仙太郎は間もなく戻って来て、杉代の足許に赤い鼻緒のついた黒い塗《ぬ》り下駄を置いた。

「お履きなさい。裸足ではどうも妙だ」

仙太郎は杉代のために下駄を買って来てくれたのだった。

「申し訳ありません」

　頭を下げると、また鼻の奥がつんと疼《うず》いた。

「昔……そうですねえ、杉代殿が八つぐらいの時、通りで毬《まり》つきをしていたのを見たことがありました」

　仙太郎は運ばれて来た麦湯をひと口啜《すす》ると、遠くを見るような眼で言った。

「一緒に遊んでいたのは戸沢《とざわ》さんの梅ちゃんでしたか」

　仙太郎は確めるように続けた。

「そうかも知れません」

　戸沢家は杉代の近所にあった武家で、梅ちゃんというのは杉代と同い年の娘だった。

　戸沢家は大政奉還になると、一家で国許へ引っ越して行った。

「その時、道場帰りらしい少年達に毬を奪われてしまったのでしたね」

　もうすっかり忘れていたことだった。杉代は懐かしい気持ちでふっと笑った。

「拙者は毬を取り返してやるつもりでおりましたが、杉代殿は果敢に奴等の後を追い掛けました。そう、さっきのように、どこまでも」

　仙太郎は悪戯《いたずら》っぽい表情になっていた。

「だって、あれは梅ちゃんの毬だったのですよ。お祖母様《ばば》からいただいた大切な毬だと聞いておりましたから」

「奴等は杉代殿の執拗《しつよう》さに匙《さじ》を投げ、とうとう毬を放り出しましたね。すると杉代殿は、嬉しそうに毬を拾い上げ、家に戻って行ったのです。額には汗を浮かべ、頬《ほお》は真っ赤になっておりました。拙者が杉代殿を可愛いと思ったのは、その時からです」

「古いことをよく覚えておられましたこと」

「だから、さっきも立ち止まらなければ杉代殿はどこまでも追い掛けて来るものと観念したのです」

「本当は何もおっしゃらずに行ってしまいたかったのでしょうね」

「できれば……」

仙太郎が村尾家を出なければならなくなったのは、主の村尾與五衛門《よごえもん》が先行きのことを考えて下した結論だという。仙太郎の養子縁組は解消され、村尾仙太郎は小日向《こひなた》仙太郎に戻るのだ。

跡継ぎのいなかった村尾家に仙太郎が養子に入ったのは十五歳の時だった。もともと実家の小日向家は杉代の家の近所にあった。仙太郎はその家の三男だった。

仙太郎は、いつも穏やかに話をする少年で、自分の父や兄のように高い声を上げることはなく、杉代はひそかに好ましく思っていた。だから、仙太郎との縁談が持ち上がった時、杉代は心底嬉しかった。一年前のことだ。

開港により米価が高騰したり、銭が不足したりして暮らし難い世の中ではあったが、江戸の人々は誰しも、まさか幕府が倒れるとは夢にも思ってもいなかっただろう。

だが、世の中は恐ろしい勢いで変化して行った。幕府は農民や町民から歩兵を掻《か》き集めて、軍隊を強化しようとしたが、この歩兵達が吉原などで乱暴狼藉を働き、却《かえ》って社会問題ともなった。

そうこうする内に大政奉還、王政復古。

諸悪の根源は長州、薩摩だとして、芝《しば》の薩摩藩邸が焼き討ちに遭うなどの事件も起きた。

そして、鳥羽・伏見の戦いの決定的な幕府の敗退。村尾與五衛門が呑気に祝言などできるかと思うのも無理はなかった。

仙太郎は自分の判断で與五衛門より先に横田家に断りを入れに来たのだった。

たかだか五年ほど暮らしただけの養子では、村尾家の養父母も仙太郎に対し、さして未練は覚えていない様子だった。杉代は二、三度会っただけの村尾夫婦の顔を思い浮かべた。二人ともおとなしそうな感じはしたが、冷たい印象も覚えた。その印象はあながち的外れでもなかったようだ。

養家を出て、実家にも戻れないとしたら仙太郎はどうするのかと杉代は心配になる。

仙太郎は仔細を告げると湯呑を口に運んだ。

茶を飲み下す時、仙太郎の喉仏《のどぼとけ》は大きく上下した。うっとりとなる気持ちを杉代は振り払った。

「あてもなく市中を徘徊《はいかい》するばかりでは埒《らち》も明きませんでしょうに」

杉代の口調は小言めく。

「このご時世では、誰一人、あてのある者などおりませぬ。杉代殿のお父上や兄者《あにじゃ》にしたところで途方に暮れておる。上様が恭順なさった以上、もはやお城に住むことも叶いませぬ。我等幕臣も、いずれどこぞで生計の道を見つけなければなりませぬ」

極は弟がいないせいで仙太郎を可愛がった。仙太郎もまた、実の兄よりも極を慕っていた。兄者という呼び掛けは親しさの表れでもあったろう。

「お城はどなたがお使いになるのですか」

「それは天皇です。睦仁《むつひと》(明治)天皇でしょう。上様は大政を奉還されたので、これからのご政道は天皇が執られることになるのです」

睦仁天皇は孝明天皇が崩御した後に天皇に就いた人だった。

そんな難しい話は杉代に理解できるものではなかったが、杉代は黙って仙太郎の話に耳を傾けた。

「わたくしはどうしたらよいのでしょう」

杉代はしばらくして独り言のように呟《つぶや》いた。

「世の中が落ち着いたら、よい人の所へ輿入《こしい》れなさい」

「仙太郎様を待っていてはいけませんか」

「……」

「いついつまでも待っていると言ったら……」

「わからない人だ。だから、拙者のことはもう忘れろと遠回しに言っているのに」

仙太郎はいらいらした様子で珍しく癇《かん》を立てた。

「拙者はもはや妻を迎える気持ちは毛頭ござらん」

「ならば、どうされるのですか。どうぞ、わたくしにだけ本当のことをおっしゃって。そうでなければ、わたくしはどこまでも仙太郎様について行きます」

そう詰め寄ると、仙太郎は洟《はな》を啜るような短い息をついだ。

「心中でもしますか」

冗談混じりに言う。

「自棄《やけ》になっていらっしゃるの？」

杉代は真顔になって仙太郎を見つめた。

「いや……ただ、拙者は生まれた時から徳川家のご威光に縋って生きて来た者。兄上も父上も祖父も曾祖父も、徳川様からいただく禄を食《は》んでおりました。その大恩を忘れる訳には参りませぬ。拙者に残された道は、あくまでも徳川家の家臣としての立場を全《まっと》うするしかないのでござる。あるいは潔く腹を切るか」

切腹など仙太郎にできるのだろうかと杉代は思ったが、それは口にしなかった。江戸城では慶喜が大政奉還を上表すると、悲憤のあまり切腹した老家臣もいたという。切羽詰まったような杉代の顔を見て、仙太郎は「まだ、腹は切りませぬ。その前にすることがござる」と、低く続けた。

「それはどのようなことですか」

「拙者、彰義隊に入るつもりでござる。これから上野の屯所《とんしょ》に入隊を願い出ます」

「彰義隊……」

杉代はその言葉を鸚鵡《おうむ》返《がえ》しに言った。

「それしか拙者の選択はないのでござる」

「前々から、そう考えていらしたのですか」

「はい……」

彰義隊は市中の警護にあたっているが、もともと一橋家の家臣が主君の生命と権威を守ることを目的に結成されたものだ。寛永寺で慶喜が恭順謹慎をしている今、隊員はさらにその決意を新たにしている様子だった。

「杉代殿、納得して下さいましたか」

黙った杉代に仙太郎は訊く。

「わたくし達、縁がなかったのでございますね。そう考えるしかないのですね」

杉代の頬を新しい涙が伝った。仙太郎は水茶屋の小女と背中を向けている客の方をちらりと見てから、そっと指で杉代の涙を拭った。

「ああ、いや。こんなことはいや！」

杉代がかぶりを振ると、仙太郎の手は膝《ひざ》に置かれた杉代の手をきつく握った。後頭部が痺《しび》れた。甘く切ない思いがしたが、それは一瞬で終わった。

「どうか了簡《りょうけん》して下さい。拙者の妻は杉代殿ただ一人と胸に秘めておりますゆえ」

仙太郎は早口に言った。それは杉代とて同じだった。仙太郎はすでに杉代の中で、ただ一人の夫だった。

「お名残り惜しいのですが、もう行かなければなりませぬ」

仙太郎は苦渋の表情で言った。

「もう、これで終わりですか」

杉代は訊ねずにはいられなかった。仙太郎はそれには応えず、そっと腰を上げた。そのまま見世の小女に茶代を払った。

それから杉代の所に戻ると「一人で帰れますかな」と訊いた。

「はい……」

ようやく答えた声が涙で掠《かす》れた。

「それではお気をつけてお戻りなされ」

じっと見つめた仙太郎の眼も赤くなっていた。慌てて縋りつこうとした杉代の手を払い、仙太郎は小走りに水茶屋を出て行った。

雨脚が強くなっていたので、仙太郎の姿はすぐに霞んで見えなくなった。

視線を下に向ければ、真新しい下駄が目についた。汚れた足袋を脱いで袂《たもと》に入れ、杉代はそっと鼻緒に足を通した。

きつい。この下駄が足になじんだ頃、自分は何を考えているだろうかと思った。仄暗《ほのぐら》い水茶屋の中で、その下駄だけが目も覚めるほど輝いて見えた。

三

鳥羽・伏見の戦いで勝利した官軍は新政府軍として江戸に総攻撃をしかける様子だった。

勝安房はこれを阻止しなければならじと、高輪《たかなわ》の薩摩藩邸で官軍の参謀、西郷隆盛《さいごうたかもり》に談判を申し入れた。

慶喜の恭順謹慎以来、輪王寺宮《りんのうじのみや》、静寛院宮《せいかんいんのみや》（和宮）、御三卿《ごさんきょう》、諸大名から慶喜の助命嘆願、徳川家の存続を願う運動が続けられていた。

西郷隆盛は江戸城の明け渡し、幕府の軍艦の引き渡し、慶喜の処罰などを盛り込んだ七ヵ条の条件を勝に提示した。

勝はこの条件の改正案を提示して、何んとか西郷と合意した。これによって江戸は官軍の攻撃を避けることができた。慶喜は水戸藩お預けの後、徳川家の知行地である駿府《すんぷ》に向かうという噂もあった。すると、おおかたの家臣もまた駿府に行かなければならないことになる。杉代は江戸を離れるのがいやだった。

江戸城は、いよいよ明け渡されることになった。

それまで慶喜の代わりに江戸城を預かっていた田安慶頼《よしより》は衣冠束帯《いかんそくたい》に威儀を正し、朝廷の勅使を迎え、勅諚《ちょくじょう》の伝達が行われた。

四月六日。またしても雨天。城内では諸役の片づけが行われ、杉代の兄の極も父親の兵庫も出仕した。城内の調度品は浅草と本所御蔵に一時格納されたという。

四月十一日。晴のち雨。兵庫と極は前日の夜から上野に向かった。

その日、未明の丑《うし》の刻《こく》過ぎ、慶喜は寛永寺を出て水戸に向かうことになっていた。兵庫と極は慶喜と最後のお別れに行ったのである。

戻って来た二人はただ涙で最初は言葉もなかった。慶喜は寛永寺にこもってから髭と月代《さかやき》を伸ばすにまかせ、憔悴しきった表情だった。黒木綿の羽織に小倉《こくら》の袴という質素な身なりも哀れを誘った。名残り惜しくて千住《せんじゅ》まで見送りした家臣も多かったという。

ようやく落ち着いた二人に杉代は茶を勧めた。

極は茶を飲んでひと息つくと「杉代、仙太郎も見送りに来ていたぞ」と、言った。

杉代は、さり気なく「そうですか」と躱《かわ》すつもりが、胸が詰まって何も言えなかった。

「あいつは彰義隊に入っていた。上様を最後までお守りする覚悟をしていたのよ。あっぱれな男だ。彰義隊は揃いの隊服があるのに、あいつと四、五人の仲間だけは、いつもの普段着の恰好《かっこう》だった。隊服が足りないのかと訊いたら、揃いの恰好をするのは気恥しいとほざいた。おれは思わず笑ってしまい、他の見送りの者から不謹慎だと睨《にら》まれた」

「……」

「お前は奴が彰義隊に入ることを知っていたそうだな」

極は上目遣いで杉代を見ながら続けた。

「はい……」

「なぜ言わぬ」

「お伝えしても詮《せん》のないことと考えておりました。わたくしは縁談を断られた立場でもありますし……仙太郎様はお元気そうでしたか」

杉代はようやく顔を上げて訊いた。

「ああ。したが、上様が水戸においでになって彰義隊の役目も終わったというのに、奴等はどうも隊を解散する様子もない。これは……」

言い澱《よど》んだ極に杉代は俄《にわか》に不安を覚えた。

「兄上、はっきりおっしゃって。彰義隊はこれからどうなるのですか」

「うむ。彰義隊は勝安房様配下の警護隊だが、それは表向きのことで、実は隊に金を出しているのは覚王院という坊主なのだ。この坊主が寛永寺座主《ざす》の輪王寺宮様を擁《よう》して幕府を挽回してみせると豪語しておるのだ」

「それでは、また戦が始まるのですか」

「なるやも知れぬ。行き場を失った侍達も彰義隊に押し掛け、今や隊員の数は三千にも膨れ上がっているという。官軍は、いずれ彰義隊に解散を求めるだろう。もしも、それに従わない場合、戦は避けられん。意味のない戦だ。勝ったところで主命に背いた咎めを受けるだろうし、負ければ斬首《ざんしゅ》。どの道、命はない。だが、隊の頭《かしら》や頭並《かしらなみ》は徹底抗戦を主張しておるので、下っ端はそれに従うしかないだろう」

　彰義隊の頭は備前岡山池田家の分家、池田大隅守《おおすみのかみ》という七千石取りの武家。頭並は天野《あまの》八郎、春日左衛門《かすがさえもん》というやはり武家の男だった。幕臣の中でも大政奉還以来、官軍恭順派と徹底抗戦の主戦派に分かれていた。

　彰義隊の頭や頭並は主戦派だった。

「仙太郎様のお命はないと兄上はおっしゃいますの？」

「恐らく……」

極がそう言うと杉代の胸はきりきりと痛んだ。

「杉代、酷なことを言うようだが、もう仙太郎のことは諦めろ」

「ええ、それはわかっております。でも、仙太郎様のお命が亡くなるのなら、わたくしはせめて骨を拾って差し上げたい」

「未練な」

極は不快そうに吐き捨てた。

「兄上にどう思われようと構いませぬ。仙太郎様はわたくしの心の内では長くただ一人の夫でございました。ならば……」

「もしや、他家に輿入れせぬつもりではなかろうの」

「今は考えられませぬ。そのようなことを口にする兄上もどうかと思われます」

言った途端、頬が鳴った。杉代は頬を押さえて俯《うつむ》いた。極は不機嫌そうに足音を高くして茶の間を出て行った。

四

陰暦五月は四月が閏月《うるうづき》で二回あったため、すでに季節は夏の様相を呈していた。

江戸へ下って来た総督府の大村益次郎《ますじろう》は、すぐに彰義隊の解散を主張し、解散勧告が再三なされていた。

もはや官軍に占領された江戸で彰義隊の存在の意味はなきに等しかった。慶喜が江戸を離れた後ではなおさら。

しかし、三千名を数える彰義隊の中では慶喜を守り、市中を警護するという大義名分の代わりに官軍撃破、幕府奪回の決意が大きく育っていった。

命を惜しいと思う者は即刻、隊を去れと檄《げき》を飛ばされて、おめおめと去る者はいない。隊員は、とまどいながらも時の流れに身を任せるしかなかった。

極の言うように彰義隊は甲斐《かい》のない戦に突入しようとしていた。

五月十五日。明六つ半（午前七時頃）。

朝飯の片づけをしていた杉代の耳に重い大砲の音が響いた。

最初は空耳かとも思った。またしても外はしのつく雨だった。

「始まったか……」

兵庫は独り言のように呟いて食後の茶をぐびりと啜った。お務めもなくなった兵庫は、いずれ慶喜の後を追って駿府に行くに違いない。極は上司から新政府の勘定方の仕事に就くことを仄《ほの》めかされていた。

杉代はそれを幸いに江戸に残るつもりだった。

「急襲だ。彰義隊はろくに武器も調《ととの》えてはいまい」

極は開け放した障子の外の庭へ眼を向けながら、誰にともなく言う。杉代は無言で腰を上げると仏間に入り、仏壇に灯明《とうみよう》を点《つ》け、線香を立てた。そのまま、一心に掌《て》を合わせて祈った。

母親の登勢も嫂の松江も何も言わなかった。

二人は仏間に入る時、遠慮がちに足音をひそめた。

大砲の音はまるで大川の花火のようにも思えた。だが、雨の花火など、ある訳がない。やはり、それは戦なのだと杉代は合点する。

連続した銃声は上野の即席料理茶屋「松源《まつげん》」や鳥料理屋「雁鍋《がんなべ》」を占拠した官軍のものだ。

青ざめた顔で雨に濡れながら上野のお山を右往左往している仙太郎が杉代の脳裏に浮かんだ。

上野のお山は寛永寺の本坊を中心に寺が集まっている所である。下谷広小路を北へ向かえば不忍池《しのばずのいけ》に繋《つな》がっている堀に出る。その堀には三つの橋が架かっていた。通称三枚《さんまい》橋《ばし》である。三枚橋を渡り、少し進むと寛永寺の黒門、御成《おなり》門、新黒門の三つの門がある。門の東側は山下と呼ばれる地域で普門院、常照院、顕性院等の寺がある。この寺の途中に車坂門、屏風《びようぶ》坂門があった。彰義隊は山内《さんない》にこもり、一番隊から十八番隊に分かれて官軍の侵入を阻《はば》むため、各門口に詰めていた。

しかし、上野のお山はすでに官軍の二万の兵によって、ぐるりと取り囲まれているという。白兵戦になれば幾らか勝機も期待できたであろうが、官軍は最新兵器のアームストロング砲を容赦もなく撃ち込んでいた。その音は小川町、いや、江戸府内のすべてに聞こえていたはずだ。

アームストロング砲は、しのつく雨にも拘《かかわ》らず、建物を破壊し、火事を起こした。外から野次馬が、上野が火の海だと叫んでいる声がしきりに聞こえた。

恐らく、大砲に撃ち込まれた時、傍にいた彰義隊員は逃げる暇もなく倒れたに違いない。

その戦は始まる前から結果がわかっていたようなものだった。だが、杉代にはそれすら理解できることではなかった。仙太郎の武運を祈るばかりだった。

大砲の音は、昼過ぎに突然、止んだ。もう、これで終わりだろうか。いやいや、一時休戦に違いない。

杉代は腰を上げ、茶の間に入った。兵庫は腕組みをして瞑目《めいもく》したまま座っていた。

「父上、大砲の音が聞こえなくなりました。どうしたのでしょうか」

「わからん。極が様子を見に行った。上野のお山には入られないだろうが、近くまで行けば、何か事情は知れるだろう」

杉代は茶の間から見える庭に眼を向けた。

雨脚は一向に衰えなかった。

八つ半（午後三時頃）を過ぎて、ようやく玄関から極の声がした。杉代は慌ててそちらに向かった。

「杉代、どうやら戦は終わったらしい」

極は蓑《みの》と笠を松江に渡しながら低い声で言った。松江は杉代と眼を合わせないようにしている。

「そ、それで、彰義隊は勝ったのでしょうか」

上ずった声で杉代は訊いた。

「まさか」

極は皮肉な調子で吐き捨てた。

「明日になったら上野に行って、仙太郎がいないか様子を見てくるつもりだ」

「お一人でいらっしゃるのは危のうございます」

「なあに。官軍も亡骸《なきがら》を引き取りに来たと言えば納得するさ」

極の言葉に杉代は一瞬、言葉を失った。極はすでに仙太郎の命はないものと考えているらしい。

「小日向のお家からも、どなたかお出ましになりますか」

杉代は平静を装って低い声で訊く。

「さて、それはわからん」

「では、仙太郎様のことは兄上の一存で？」

「ああ。お前を見ていると不憫《ふびん》でならぬ。せめて最期は義弟として葬ってやりたいと思うてな」

「ありがとう存じます」

深々と頭を下げると、涙が込み上げた。

「浅草にちょっとした鳶《とび》職の知り合いがおる。そいつに頼んで同行して貰《もら》うから案ずるな」

極は淡々と杉代に言った。

五

翌日早朝、極は身拵《みごしら》えも十分に家を出て行った。

青物売りや魚屋が台所に訪れて前日の様子を登勢に語っていた。天秤棒《てんびんぼう》を担《かつ》いで商いをする者達も、昨日はさすがに商売にならず、野次馬となって、あっちこっち走り回っていたようだ。戦は、終わってしまえばまことに呆気《あっけ》なく、翌日にはもう何事もなかったかのように、いつもの日常の風景を杉代に見せていた。雨は止んだが、空はまだ厚い雲に覆われていた。

家の外へ出て、ふと目についた小日向の家は世間を憚《はばか》っているのか雨戸を堅く閉ざしていた。

極は昼になっても戻らなかった。これはいよいよ仙太郎の亡骸を見つけたものだろうかと、杉代は悪い予感に脅えた。

夜の五つ（午後八時頃）を過ぎて、物置の戸ががたぴしと鳴ったような気がした。ほどなく、極が疲れた表情で勝手口から現れて杉代を驚かせた。何も彰義隊の様子を見て来たからと言って、こそこそ勝手口から戻ることもあるまいと思った。詰《なじ》るような目付きになった杉代に構わず、極は台所の座敷の縁に腰を下ろして草鞋《わらじ》の紐《ひも》を解いた。松江は慌てて漱《すす》ぎの水を用意した。

兵庫と登勢は極が無事に戻って、ほっとしたような顔で労をねぎらった。

「父上、上野の寺はほとんどが焼けてしまいました。だが山内は存外きれいで、思ったほどひどい状況ではありませんでした。もっとも死体などは昨夜の内に片づけたのでしょう。さっぱり目につきませんでした。それよりも三枚橋を渡ってすぐの所に濡れた畳を十四、五重ねたものが三側ありまして、奴等、こんなものを障壁としたのかと思うと笑ってしまいました。まあ、黒門近くに植わっていた樹は皆、折れ曲がり、鉄砲の弾丸の痕《あと》が夥《おびただ》しくついておりましたが」

極は松江に足を洗わせながら兵庫に言った。

「仙太郎の亡骸は見つけられなんだか」

兵庫はそれが肝腎とばかり首を乗り出して訊く。

「ですから、死体は片づけられて、ほとんど残っていなかったと申し上げましたでしょう。わたしが見た死体は、谷中《やなか》門を抜け、天王寺へ行き、それから諏訪《すわ》の坂を下りた時、橋の袂《たもと》に錦《きん》ぎれを肩につけた官軍の兵が折り重なって倒れていただけです」

「そうか……」

極の話を聞いて、杉代は安堵と不安がないまぜになったような気がした。

兵庫と登勢は極が帰宅したので安心して寝間に引き上げた。台所の座敷には極と松江と杉代が残された。杉代も兄夫婦に遠慮して自分の部屋に向かおうとしたが、極はここにいろ、と眼で合図した。

「腹が減った。松江、何か喰わせてくれ。何しろ上野も浅草も開いている店は一軒もなくて昼飯を喰いはぐれた。腹の皮が背中にくっつきそうだ」

「ただ今ご用意致します。お茶漬でよろしいでしょうか」

「何んでも構わぬ」

漱ぎの桶の始末をつけると、松江はかいがいしく流しに立った。下男も女中もすでに暇を出していたので、横田家は女達だけで台所仕事をこなしていた。お蔭で杉代は飯炊きの技が上達したと褒められている。

「杉代……」

極は松江の後ろ姿にちらりと眼をやってから声をひそめた。杉代は怪訝《けげん》な顔で兄を見た。

「物置に仙太郎がいる」

「……」

「疲れて寝ている。後で喰い物を運んでやれ。それと着替えがいる。奴は濡れ鼠《ねずみ》だ。このままだと風邪を引く」

「どうして……」

杉代は極がどうして仙太郎を連れ帰ったのかと訊いていた。

「官軍は明日あたりから市中に潜伏している彰義隊の残党狩りをするらしい。捕まればもちろん、命はない。その前に会津へ逃がすのだ」

「会津」

「生き残った彰義隊はそちらへ向かったらしい。向こうには大鳥圭介《おおとりけいすけ》という歩兵奉行をしていた男が五百名の伝習隊を率いて待機しておる。彰義隊の生き残りはそれと合流するらしい」

「仙太郎様が江戸にいてはお命が危ないのですね」

「そうだ。松江が台所にいる間におれの着替えを何か見繕ってこい。それから父上や母上には、このことは内緒にしておけ。余計な心配をする」

極は釘を刺した。

「心得ました」

「それから……」

極は懐の紙入れから小粒を五つほど取り出して杉代に持たせた。

「渡してやれ」

「ありがとう存じます。でも……義姉上《あねうえ》は勘のよい方なので気づかれてしまいます」

杉代は松江の背中をちらりと見て、おずおずと言った。

「なに、今夜、ひと晩ぐらいはおれが何んとか取り繕う」

杉代は肯《うなず》き、すばやく台所から兄夫婦の部屋に向かった。

風呂敷を拡げ、木綿の単衣《ひとえ》、細帯、襦袢《じゅばん》、下帯、紺足袋と、目についた衣類を次々とその中へ入れた。それから手早く包んで台所の座敷に通じる板の間へそっと置いた。

何事もない顔で台所へ戻ると、極は松江の給仕で茶漬を食べていた。

杉代は二人の傍にそっと座り「兄上、お怪我はありませんか」と訊いた。もちろん、仙太郎に怪我はないかとの謎である。

「まあ、少しな。だが、大事ない」

「お手当致しましょう」

松江は慌てて言う。

「いや、面倒だ。今夜は疲れておる。後のことは杉代に任せて我等はもはや床に入ろう」

極の言葉が艶《つや》っぽい響きで聞こえたのだろうか。松江は頬を染めて「それでは杉代さんに申し訳ありません。わたくしはこの家の嫁ですので、後始末をしてから休みます」と、控えめに応えた。

「いえ、構いません。兄上はお疲れですから、義姉上は肩でも揉んで差し上げて下さいませ。後片づけはわたくしが致します」

杉代は鷹揚《おうよう》に応えた。

極は茶を飲み下すと、乱暴に松江の手を取った。松江は取り繕うように「それではお言葉に甘えてお先に休ませていただきます」と言った。だが、座敷から一歩出たところで、風呂敷包みに気づいたらしい。

「あら、これは何んでしょう」

「松江！」

極は焦《じ》れたように妻の名を呼び、そこでしばらく言葉が途切れた。極は松江を抱き締め、唇を吸った様子である。杉代はそれを感じると、そっと両手を頬に押し当てた。

松江の気を逸《そ》らすための行為に違いないが、初めて兄夫婦の生々しい面に触れたよう
で杉代は落ち着かなかった。

襖が細かく音を立てた。極はもっと大胆な行動に出たらしい。松江の制する声が切れ切れに聞こえた。

　兄夫婦には、まだ子はなかった。それが兵庫と登勢の悩みの種だった。もしも杉代にたくさん子が生まれたら、一人養子にくれと極は冗談混じりに言っていたものだ。

　杉代は箱膳を下げると水音を高くして食器を洗った。それから戸棚から皿小鉢、丼、汁椀を取り出して箱膳に並べ、そこへお浸しや香の物、目刺しの焼きざまし等、残り物のお菜を盛りつけ、茶だけは熱いものを用意した。

　極と松江は寝間へ引き上げたらしい。二人の気配がようやくなくなった。杉代は先に風呂敷包みと膏薬《こうやく》を持って勝手口から外へ出ると物置の前に置いた。物置の中からは何んの物音もしなかった。

　台所に戻り箱膳を運ぼうとして、ふと思いついて手拭いを水で濡らし、堅く絞って膳の端に添えた。さぞ、顔も手足も汚れていることだろうと思った。

六

「仙太郎様、杉代です。開けて下さい」

ひそめた声で呼び掛けると、ひと呼吸置いて戸が開き、「声が高い」と叱られた。

中に入って戸を閉めようとした仙太郎に、

「待って。まだお運びする物がございます」と、言い添えた。

「何んだ」

「お着替えとお薬です」

「官軍は傍におらぬな。しかと間違いないな」

鋭い目で杉代を睨んだ。杉代は疑われたことに傷ついたが、黙って肯くと、床に膳を置き、急いで外の風呂敷包みと膏薬を手にした。

物置の中は湿った汗の匂いがした。古い行灯が仙太郎の疲れた顔を青黒く浮かび上がらせていた。杉代が声を掛けるまで眠っていたらしい。すぐに目覚めたのは、まだ気持ちが昂《たかぶ》っていたせいだろう。そんな仙太郎が気の毒に思えた。

仙太郎は杉代が用意した食事を貪《むさぼ》った。よほど空腹だったらしい。丼に飯を山盛りにしたのに、まだ足りないようだった。

「もう少し、召し上がります?」

そう訊くと、こくりと肯いた。杉代は足音を忍ばせて台所に戻った。飯をこそげるようにして丼に盛ると、お櫃《ひつ》は空になった。

二杯目も仙太郎は勢いよく平らげた。茶を飲み下し、ようやくひと息つくと「雑作《ぞうさ》を掛けた」と礼を言った。

「兄上とどこでお逢いしたのですか」

「村尾の家の庭です」

「まあ……」

「上野の山からようやくの思いで逃げ、取りあえず、着替えをせねばと家に戻ったのです。ところが村尾の両親は家に入れてくれませんでした。衣服は血糊《ちのり》もついていたので、そんな恰好で通りを歩いたら、たちまち官軍に見つかってしまいます。何度もお頼みしましたが聞き入れては貰えませんでした。もはや、拙者の命もこれまでと覚悟を決め、村尾の家の庭で腹をかっさばいてやるかと意地になった時、横田の兄者が偶然に通り掛かったのでござる。拙者、嬉しさのあまり、兄者の胸に縋っておいおいと泣きました。兄者は、おぬしはおれの代わりに戦をしてくれたと、却って拙者に頭を下げられました」

戦の興奮のせいだろうか。仙太郎は妙に饒舌《じょうぜつ》だった。杉代は黙って話を聞いた。

「そのまま、夜になるのを待ち、ここまでやって来たのでござる。このことが官軍の耳に入れば兄者もただでは済みませぬ。拙者は夜明け前にここを出て行きまする」

「会津へ？」

「さようでござる」

「会津への道はご存じですか」

そう訊くと仙太郎は低い声で笑った。

馬鹿なことを言ったと杉代は後悔した。

膳の上の手拭いを取り上げ「お顔をお拭きなされませ。それからお召し替えを」と、ごまかした。

「かたじけない」

仙太郎はこくりと頭を下げると、濡れた着物を脱ぎ始めた。下帯一つになると、襦袢ごと着物を羽織り、そのまま杉代に背を向けた。

着物にも袴にも、いや濡れ雑巾《ぞうきん》のような下帯にも血の飛沫《ひまつ》がついていた。

「彰義隊は大勢の方が亡くなったのですか」

「うむ。正確なところはわからぬが、恐らく二百人以上は死んだだろう。それも十代の若者が大半でした。敵の弾丸を受け、死に切れずにいた者に拙者は介錯《かいしゃく》を致しました。道場の師匠に介錯のやり方を伝授されたはずでしたが、実際にやるとなると勝手が違うものでした。ひと太刀どころか三太刀にもなり、ずい分、苦しませてしまいました。だが慣れとは恐ろしい。二度も三度も介錯が続く内、ひと太刀で収まるようになりました」

仙太郎はむごい話をあっさりと語る。普段は穏やかで虫も殺せぬ男を介錯の手練《てだ》れにするのも戦かと杉代は思う。

「会津でも戦になるのですか」

着替えを済ませた仙太郎に杉代は傷の手当をしながら訊く。深いものではなかったが、刀傷が無数にあった。膏薬がしみて、仙太郎は短い悲鳴を洩らした。

「恐らく。その後は北上することになるやも知れぬ」

「北上とは？」

「蝦夷地でござる」

「蝦夷地」

杉代は仙太郎の言葉を鸚鵡返しにした。そこは遠い遠いさいはての地であった。杉代は極から渡された小粒を思い出して、そっと差し出した。仙太郎は、こくりと頭を下げて袖に落とした。

「なぜ、その土地へ向かわなければならないのでしょうか」

「うむ。上様は将軍から一大名となった。徳川家の存続を官軍に認めさせたのは勝安房様の手柄だが、いかんせん、石高が足りぬ。徳川家の跡を継がれる田安亀之助《かめのすけ》（家達《いえさと》）様はわずか七十万石しか賜《たまわ》らなかった。その石高では幕臣のすべてを養えぬ。駿府も家臣であふれて住まいもままならぬ。それで、幕臣の中から蝦夷地を新天地に求める案が出てきた。戦はそのためのものでござる」

これから何度も戦があるとしたら、仙太郎の命の保証はないと思った。仙太郎が生きていたという喜びも、つかの間かと思う。

「もしも首尾よく行った場合、杉代殿、蝦夷地に来ていただけますか」

だが、仙太郎は思わぬ言葉を喋った。

「蝦夷地で新しい暮らしをする気持ちはござらぬか」

仙太郎は昂《たかぶ》った声で続けた。逡巡《しゅんじゅん》するものはあったが、杉代は「はい」という言葉がするりと出た。

「よかった。それを聞いて拙者、心から安堵致しました。杉代殿のために、きっと生き抜いてみせます」

そう言い切った仙太郎はためらうことなく杉代の肩を引き寄せた。一瞬、目まいを覚えた。仙太郎の胸から血の匂いとともに青臭いものが立ち昇った。杉代はその胸に片頬を押し当てて眼を閉じた。

「蝦夷地では、柄杓星《ひしやくぼし》がよく見えるそうです」

仙太郎は静かな声で話を続けた。

「柄杓星？」

杉代は掠れた声で訊いた。あまり聞いたこともない星である。

「七つの星が柄杓の形をしていることからその名があります。柄杓の先の星は、常に子《ね》の星（北極星）を指していて、子の星は微塵も動かない星です。道に迷った時、子の星を探せば北の方角が知れるのです」

「不思議ですね」

杉代の脳裏に水瓶《みずがめ》の傍にある柄杓が浮かんだ。それはいささか滑稽な感じがした。空にぽんと柄杓である。だが、仙太郎は柄杓星に魅了されている様子だった。外に出て教えて貰いたかったが、あいにく、まだ夜空は曇っている。

「中国では柄杓の柄の先に当たる星を瑤光《ようこう》と呼んでいるそうです。まさしく柄杓星は我等の瑤光ともなるでしょう」

切羽詰まった状況にも拘らず、仙太郎の話を聞いている内、杉代の心の不安は払拭《ふっしょく》されていくようだった。杉代は柄杓星の加護を信じたいと思った。

「蝦夷地までは遠い道程《みちのり》ですね」

「はい。百八十里余りもあります。しかし、途中から軍艦に乗るかも知れません。官軍に引き渡していない軍艦がありますので」

「軍艦とは楽しみですね」

言った途端、仙太郎が笑った。

「杉代殿、拙者は遊びに行く訳ではないのですぞ」

「申し訳ありません。迂闊《うかつ》なことを申しました」

考えなしの言葉が時々、杉代の口から洩れる。極やそれを窘《たしな》められることは多かった。

「しかし、そう言われてみると、そんな気がしないでもありません。戦でもなければ小納戸役の拙者など、軍艦に乗る機会などないでしょうから」

「軍艦の上からも柄杓星が見えるでしょうね」

「はい、もちろん」

「わたくしも柄杓星を探してみます」

「そうですね。拙者も杉代殿と同じ星を眺めることで心が慰められましょう」

「きっとですよ、きっと」

杉代は念を押した。

ずい分長いこと仙太郎と話をしたつもりだが、杉代はまだまだ足りないような気がした。

羽目板の隙間から微かに灰白い光が射したのに気づくと、仙太郎は落ち着きなく瞬《まばた》きを繰り返した。別れの時間だった。

「それでは……」

仙太郎は杉代の眼をつかの間、じっと見つめた。

「お気をつけて」

「兄者によろしくお伝え下さい」

微笑《ほほえ》んだ仙太郎の顔が歪《ゆが》んだ。たまらず杉代を抱き締め、乱暴に唇を吸った。唇を離してから、また杉代の眼を深々と覗《のぞ》き込んだが、やがて仙太郎の手は物置の戸に掛かった。

戸を開けると、湿った朝の冷気が流れ込んだ。仙太郎はあたりの様子を窺うと「では、ごめん」と早口に言い、勢いよく外に飛び出して行った。後ろは振り返らなかった。たっ、たっ、たっと足音が杉代の耳に余韻として残った。吸われた唇も痺《しび》れたままだった。

「行ったか？」

雨戸が開いて、極が顔を出した。

「ええ」

杉代は低く応えた。

「夫婦《めおと》になったのか」

臆面もなく訊いた極を杉代は睨んだ。極はふっと笑った。

「行き先はやはり会津か」

話題を変えるように続ける。

「ええ。でもその後で蝦夷地へ向かうかも知れないとおっしゃっておられました」

「蝦夷地か……」

何か思い当たることでもあったのだろうか。極はまだらに伸びた顎髭《あごひげ》を撫でて空を仰いだ。昨日よりはるかに明るい光が射している。この様子では今日こそ晴れるだろう。

「仙太郎様のお着替えしたものはいかがしたらよろしいでしょうか」

「風呂の竈《かまど》にくべろ」

極はにべもなく言って顔を引っ込めた。これからまた朝寝を貪るのかも知れない。

杉代は物置に戻り後片づけをした。仙太郎の着物や袴は濡れたまま物置の隅にあった。

このままでは火を点《つ》けても燃えないだろう。

杉代は井戸の前に洗濯盥《だらい》を出して水を張り、その中に濡れた着物を浸《つ》けた。血のしみに熱い湯は禁物である。却って汚れは落ちない。初潮を迎えた時、登勢に教えられたことだった。振り洗いすると、盥の水は深紅に染まった。おぞましさに杉代の胸は震えた。

だが唇を嚙《か》み締めて杉代は洗濯を続けた。

ふと勝手口を振り向くと、松江がこちらを見つめていた。杉代は奥歯を嚙み締めた。

松江には何も言われたくなかったし、何も応えたくなかった。

七

海軍副総裁、榎本武揚《えのもとたけあき》は徳川家の処遇問題が解決しない内は行動は自重していたものと思われる。彼もまた彰義隊の頭と同じで主戦派だった。徳川家達が駿河府中に七十万石で封じられると、武揚は旧幕府のために蝦夷地の下賜を新政府に願い出た。

しかし、それは聞き入れられなかった。

江戸は諸藩が国詰めとなったので空き屋敷が目立ち、急激にさびれた。家達に続いて駿府に移住する者も続いた。

新政府は治安の維持のために江戸鎮台（軍隊）を置き、町奉行所を市政裁判所に、寺社奉行所を寺社裁判所に、勘定奉行所を民政裁判所とした。極は今後、民政裁判所の職員として務めることになった。

兵庫も駿府に向かうつもりではあったが、すでに六千世帯もが移住の届けを出していたので思い留まり、極に家督を譲って隠居した。維新前と変わらぬ暮らしが横田家では続けられた。

七月。江戸は東京と名称が変わった。新政府は旧幕府の匂いを払拭しようと必死だった。

何も彼《か》も新しくしなければ気がすまないと言うように。

八月十九日。榎本武揚は旧幕府の軍艦、開陽、回天、蟠龍《ばんりゅう》、千代田形、長鯨《ちょうげい》、神速、美賀保《みかほ》、咸臨《かんりん》の八隻を率いて品川沖から脱出した。五稜郭戦争の実質的な始まりだった。だが、江戸にいる人々にとっては対岸の火事のようなもので危機感は微塵も見られなかった。杉代はそれが歯がゆくてならなかった。年号は九月八日に改元され、明治となった。

築地には西洋風の旅籠《はたご》が建設されている。旅籠ではなく、エゲレス語でホテルと呼ぶのだそうだ。また外国人の居留地も設置された。

紅毛碧眼《こうもうへきがん》の異人達を当り前のように見掛ける。杉代は買い物に出て異人達とすれ違った後で、かつて攘夷という言葉があったことを思い出した。何んと空疎な言葉になり果てたことか。攘夷、攘夷と躍起になっていた武士達が今では滑稽にすら感じられる。

多分、世の中が変わる時というのは、こうした試行錯誤を重ねるものなのだろう。

仙太郎からの連絡は途絶えたままだった。養家の村尾家も、実家の小日向家も駿府へ移住した。

杉代は毎日陰膳を据《す》えて仙太郎の無事を祈った。

新政府軍が勝利の狼煙《のろし》を上げたのは、明治二年（一八六九）五月の声を聞いてからだった。仙太郎と別れて一年が経っていた。

榎本等、旧幕府軍の上層部は入牢《じゅろう》となったが、下級の者にはさして咎めはないようだった。東京へ戻る者、駿府へ向かった者、そして蝦夷地へ留まった者と様々だった。しかし、仙太郎は杉代の許へ二度と姿を見せることはなかった。箱館の五稜郭で戦ったという者の噂を聞けば訪ねて行って仙太郎のことを訊いた。

覚えていない者がおおかただった。だが、一人だけ、通詞《つうじ》（通訳）をしていた田島応《まさ》親《ちか》という若い男が仙太郎を覚えていた。

箱館の隊にいたという。会津では死ななかったのだ。榎本武揚が降伏した後の行方は知らないと言った。生きているのか死んだのか、それさえ定かではなかった。

杉代はずっと待っていたかった。しかし、二十歳を迎えた春に、とうとう仙太郎を諦め、兵庫の勧めで銀行に務める鈴木幾之丞《いくのじょう》の許へ嫁いだ。幾之丞は維新前、幕府の小姓組に属していた男だった。

三十五歳の幾之丞は妻を亡くしてやもめでいた。極はずい分反対したが、杉代が承知すると何も言わなくなった。

嫁ぐ前日、杉代は仙太郎の着物を風呂敷に包んで物置に運んだ。それまで、自分の部屋にそっと隠していたのだ。

物置に入ると、仙太郎と過ごした夜のことが思い出された。古い行灯は、あの時のまま物置の片隅に置かれていた。

仙太郎は柄杓星になったのだ。杉代はそう思った。北を指すその星は仙太郎の意志にも思えた。

きっと仙太郎は柄杓星を見つめて自分のことを思ったはずだ。凍てつく土地で自分のことが僅かな慰めになったのなら嬉しい。あの夜のことが今では幻のように思われた。

明治五年（一八七二）、新橋・横浜間に鉄道が開通した。

杉代の感傷をよそに、東京は西洋文明を取り入れて変貌する一方だった。その勢いは恐ろしいほど速く、そして巨大だった。

解説

菊池　仁

本書『酔いどれ鳶　江戸人情短編傑作選』の収録作品六編を選ぶため、全短編を再読してみた。読了して真っ先に脳裏に浮かんだフレーズがある。それは、「時代が作者を呼び寄せたのではないか」というものであった。説明がいる。

作者は、一九九五年に「髪結い伊三次捕物余話」シリーズの第一話「幻の声」が、オール讀物新人賞を受賞し、文壇デビューを果たした。二十年後の二〇一五年に同シリーズの第十五巻『竈河岸《へっついがし》』の刊行後間もなく永眠についている。この間に書かれた短編が訴求しようとしたものと、同時代の動きや時代小説界の動向を重ね合わせてみた。それが前掲のフレーズというわけである。

「時代小説とはなにか」を定義すると、第一は、作品に描かれている内容が、歴史年表に記された過去ではなく、その時代を生きた登場人物の生々しい現在ということになる。そこで大切なのはその現在が、現代社会の現在と地続きということである。

第二は、「歴史の場を借りて、人々の生きる姿勢を描いたもの」となる。つまり、歴史の場を借りることにより、登場人物がより自由な舞台を与えられ、ダイナミックな生き方が可能になるからだ。作家側から見れば、既成の枠にとらわれない自由な発想と展開が可能なわけである。

次の作者の二つの発言を注目して欲しい。

〈江戸時代から我々が学ばなければならないことは何だろうか。それは取りも直さず、人間の生き方にほかならない。私を含める多くの時代小説家達は、それを際立たせるために、現代生活に組み入れられるようになった数々の便利と、海外の情報、新しい道徳観念を敢えて排除した物語を世に問うているのだと思う〉(『ウエザ・リポート　見上げた空の色』)

〈昔、切り絵図で大川を探したことがありました。隅田川のことだなんて知らなかったから。私が書くのは幻の江戸。切り絵図をたどり、よそ者の感覚で想像した江戸です〉(「朝日新聞」二〇〇〇年四月二十一日夕刊　インタビュー記事より)

作者の前述した定義を根底に据えた独自の小説作法が語られている。この発言に二〇〇〇年代の時代小説界の動向を重ね合わせると興味深い現象に突き当たる。動向の顕著たるものは、「市井人情もの」が主力商品として浮上してきたことだ。これは文庫書下ろし時代小説が、またたく間に出版点数を飛躍的に拡大し、確かな基盤を作りつつあったことと密接な関係を持っている。

市井人情ものでは、住んでいる土地とともに重要なカギを握っているのは暮らしぶりである。要するに職業である。もともと時代小説自体が「職業小説」としての側面を持っている。例えば、江戸時代には、現代人の感覚では理解できない珍しい役職や職種が存在したし、現在まで連綿と続く職人技の源流を見出すこともできる。要するに、職業は時代を映す鏡であり、そのユニークさをフィルターとすることで、独自の小説空間が可能となる。中でも市井人情ものは、江戸の情緒や匂い、時代を駆け抜けていった人々の足音を活写できる格好のジャンルとなっている。

デビュー作「幻の声」以来、作者は、市井人情ものの名作を次々と発表してきた。宇江佐ワールドという形容がぴったりの作品群だが、その特徴は「よそ者の感覚で描いたリアルな幻の江戸」と、主人公の職業にあった。ちなみに作者が主人公に使った職業を列挙すると、廻り髪結い、古手屋、おろく医者、お針子、代書屋、聞き屋、夜鳴きめし屋、口入れ屋、古道具屋などである。これらの職業を設定した理由は、その職業の持つ特性を巧みに活かすことで、濃密な人間ドラマが可能になるからである。

更に作者は作品の構成方法にも工夫を凝らしている。主人公の職業をクローズアップするために、連作短編集という構成にしている。これにより主人公と人々の触れ合う機会が増大し、ドラマに多様性が生まれ、深みが増す結果につながったと言える。職業ものに連作短編集が多いのはこのためである。具体的な説明をする必要があるが、それは収録作品に沿って説明しよう。

もう一点押さえておきたいことがある。舞台は江戸でもどの時代でも変わらない人々の営みや心の機微、つまり喜怒哀楽が描かれていると言うことだ。これはそのまま作者が発信する、閉塞感で押しつぶされそうになっている現代社会へのメッセージでもある。作者の過ごした二十年間は、この小説作法を磨き続けた歴史であった。根強い人気の秘密はここにある。この二十年間に記した作者の足跡を辿ると「時代が作者を呼び寄せたのだ」と思えて仕方ない。

「酔いどれ鳶」

「松前藩士物語」の副題が付いた『憂き世店《だな》』からの一編である。一八〇七(文化四)年、幕府はロシアの脅威に備えるため、蝦夷地の支配体制立て直しを図った。このため辺境の防備体制不十分を理由に、松前藩は移封となり、大名から小名に降格された。リストラが行われ、本書の主人公・相田《あいだ》総八郎《そうはちろう》は藩邸から追い出されてしまう。浪人となった総八郎と妻なみは、神田三河町の長屋に居を構える。本書は慣れない江戸暮らしに戸惑う若い夫婦と、長屋に生きる人々との交情を描いた連作短編集となっている。

作者は、逞しい筆力を駆使して市井人情ものを書き継ぐ一方で、武士を主人公に据えた武士ものも書いている。本書もその中の一つだが、重要なのは、市井人情もので鍛えた旨みを引き出す薬味が振りかけられていることである。これが作品に奥行きを与え、味わい深いものにしている。本編はその旨みが最上級まで引き出された一編と言える。その薬味の働きをしたのが、鳶と言う小道具を仕掛けたことである。

浪人生活と長屋住まいに馴れていない夫婦の下に鳶が舞い込んでくる。鳶は望郷の象徴であると同時に、担当の務めと技能を持っていることの大切さを象徴している。実にうまい仕掛けである。

「室の梅」

現在、新型コロナウイルスが猛威を振るい日常生活が一変し、政府の不甲斐ない対応だけが目立つ昨今だが、頭が下がるのは医療に携わる人々の、犠牲を強いられながらも、命を守るために日夜闘う姿である。『室の梅　おろく医者覚え帖』の主人公美馬正哲《みましょうてつ》もそんな一人と言っていい。時代小説を読むことの面白さは、志と精神の連続性及び知恵の集積を発見できるところにある。つまり、市井に埋もれていても美馬正哲の生き様には、時代小説だからこそ可能な素晴らしさが彫り込まれている。作者が正哲を世に送り出したのはそのためである。

奉行所検屍役・美馬正哲の仕事は、身投げや殺し、首縊《くびく》りなどでお陀仏となった屍《しかばね》の最期の思いを解き明かすことである。人は「おろく医者」と呼ぶ。恋女房のお杏《きよう》は産婆が仕事。夫婦で生と死に立ち会う。絶妙な設定である。

正哲の造形について「文庫のためのあとがき」で、次のように記している。

〈『室の梅』の美馬正哲も言わば外科医でありますが、こちらは検屍を専門とする医者であります。江戸時代、検屍官が存在したかどうかわかりませんが、あえて登場させて様々な問題に触れさせてみました。生が粗略に扱われやすい現代において、死者の声を聞く美馬正哲の物語は単行本から三年経た今も何やら象徴的なものを帯びているような気がします。それは作者が意図したことではありませんが。〉

職業小説の在り方を考える上で、貴重な発言となっている。要するに作者が明確なコンセプトを持つこと。それが人物造形を豊かなものにするし、登場人物が独り歩きできる余地を作っていく。登場人物と読者に絆が生まれる。作者の根強い人気の秘密がここにある。

「雑踏」

『聞き屋与平　江戸夜咄草《よばなしぐさ》』からの一編である。本書の読みどころは二つ。一つ目が聞き屋という耳慣れない職業である。勿論作者の創作である。ある日、与平《よへい》は世の中には自分の話を聞いてもらいたい人間が思わぬほどいることに気付く。これが聞き屋を始めた動機である。聞き屋という職業自体、人間関係が希薄な現代社会への警鐘でもある。ただ、一筋縄ではいかない作者は、ここで変化球を使っている。聞き屋という職業を固定的に考えず、与平と客との出会いと交情が作り上げていくものとしたことだ。この手法により物語の間口と奥行きが広がっている。

二つ目は、与平の人物造形にある。与平は、薬種屋「仁寿堂《にんじゆどう》」の十代目の主である。父と共に苦労して身代を大きくした。店は三人の息子に譲って、晴れて隠居の身。悠々自適の生活を謳歌するはずであったが、気の張りも無くなり、仕事のない無為な日々は苦痛以外の何物でもない。現代の仕事人間がリタイアした時にも通じることだが、この造形が聞き屋と共鳴してエピソードと与平自身の魅力を増すことにつながっている。

本編では、江戸詰め武士の悩みや、息子夫婦の危機、紙問屋の手代の話など、作者のエピソードづくりの巧さが目立つ一編となっている。

「魚族の夜空」

『春風ぞ吹く　代書屋五郎太参る』からの一編である。本書は作者の機知とユーモアに富んだ資質をベースに、鋭くて温かい人間観照を作品に彫り込んだ特徴を、最もストレートに反映した作品である。春風駘蕩《しゅんぷうたいとう》という形容がピタリの内容となっている。春風がのどかに吹くさまを表す四字熟語だが、転じて、性格・態度がのんびりしていることを指す。つまり、作風はのどかな春風に吹かれているような心地良さで、主人公・村椿五郎太《むらつばきごろうた》には春風駘蕩を絵に描いたような造形を施している。

五郎太は、れっきとした直参だが、無役の小普請である。太刀を振るうこともないし、定職もない。ただ、学問にはそれなりの向上心を持っている。しかし、動機は不純なところもある。幼馴染で想いを寄せている紀乃《きの》の父から、昌平坂学問所の学業に成功し、御番入りを果たすことを条件とされたからである。

そんな五郎太だが、アルバイトで水茶屋の代書屋をしている。この設定こそ作者が武士ものに仕掛けた市井人情ものの薬味である。代書屋をすることにより、吉原の馴染に無沙汰を詫びる艶文や、生き別れをした息子に心情を吐露する母の切々たる手紙を代筆する。それが縁となって市井の人情に触れる機会に恵まれる。巷の人生劇場と、学問の修業が重なり、五郎太の人間的成長につながっていく。これは連作短編集だからこそ可能なことなのである。

本編は、五郎太が天文地理を教える二階堂秀遠《にかいどうひでとお》との交情を中心に据えて描いたもので、五郎太の人柄の良さが滲み出てくる一編である。特に、二階堂の田舎である檜原村の情景描写は、作者の成熟の域に達した筆力を堪能できる。加えて「魚族の夜空」を表現したラストシーンは、映像詩を観ているような臨場感あふれた名場面となっている。

「びいどろ玉簪」

本書『ひょうたん』も古道具屋と言う職業が、巧みな仕掛けとなって物語を紡ぎ出す。古道具屋・鳳来堂《ほうらいどう》は本所五間堀にある。主人の音松は、父親から譲り受けた店を借金で潰しそうになったという過去を持っている。一方、女房のお鈴《すず》も、将来を誓い合った手代に捨てられた過去を持っている。そんな過去を持った二人が縁あって所帯を持ち、建て直したのが鳳来堂である。

読みどころの第一は、鳳来堂が扱う古道具には、作者が練りに練った物語が注入されている。中には意表を衝くとんでもないものがあったりして楽しませてくれる。

第二は、各編に登場するお鈴の手料理である。四季折々の旬の食材を活かした料理には、江戸下町の情緒が息づいていて、リアル感満載である。レシピなども登場し、作者が楽しんで書いていることを感じさせる。

そんな温かさが滲み出るような作風と一味違う色調に彩られているのが本編で、かなり辛口の物語である。一人娘のお鈴と一人暮らしをしている母親・おもととの縺《もつ》れた情愛の場面で幕が開く。場面が変わると幼い姉と弟がびいどろ玉簪を店に売りに来る。このあたりから物語は色調が変わり、悲話の様相を帯びてくる。一つの古道具が呼び寄せた悲劇を巧みな筆が描き出す。

「柄杓星」

本書『蝦夷拾遺　たば風』の巻末に寄せた「文庫のためのあとがき」の中で、作者は、冒頭で次のような一文を寄せている。

〈「たば風」はサブタイトルに蝦夷拾遺とあるように、かつての北海道と何らかの関係のある短篇集です。私の郷土愛が書かせたものだと言っても過言ではないでしょう〉

作者には郷土愛から生まれた歴史小説色の濃い作品が何編かある。作者の魅力のもう一つは、これら故郷の地に拘った作品を貫く、歴史学者や郷土史家とは一線を画す独特の歴史観にある。松前藩を描いた「蝦夷松前藩異聞」（『余寒の雪』）、「夷酋列像」（『桜花を見た』）、前掲の『憂き世店』、そして本書である。

本書には六編の独立した短編が収められているが、本編を選んだのは題名の「柄杓星」に惹かれたからである。

本編は、幕府小納戸役・村尾《むらお》仙太郎《せんたろう》と許婚・杉代《すぎよ》が幕末の荒波に翻弄される姿を描いたものである。「拙者に残された道は、あくまでも徳川家の家臣としての立場を全うするしかないのでござる」と言う仙太郎は、上野で彰義隊として戦い、敗れた後に会津、五稜郭と転戦し、蝦夷で消息が途切れる。読みどころは、そんな仙太郎と杉代が、蝦夷で柄杓星を見る約束をする場面である。哀切さと二人への愛おしさに胸が塞がれる。その背後に無数にいただろう仙太郎と杉代に祈りを捧げる作者の姿を見たような余韻を持たせる一編である。柄杓星の使い方の巧さは驚嘆に値する。

あらためて思うのは、本当に惜しい作家を失った痛みである。ただ、作者が作品に込めた現代社会へのメッセージや祈りは不変だ。読み継いでいくことが我々に課せられた使命である。

（きくち　めぐみ／文芸評論家）

「底本」

「酔いどれ鳶」（『憂き世店　松前藩士物語』朝日文庫）

「室の梅」（『室の梅　おろく医者覚え帖』講談社文庫）

「雑踏」（『聞き屋与平　江戸夜咄草』集英社文庫）

「魚族の夜空」（『春風ぞ吹く　代書屋五郎太参る』新潮文庫）

「びいどろ玉簪」（『ひょうたん』光文社文庫）

「柄杓星」（『蝦夷拾遺　たば風』文春文庫）

本書中には、今日では差別的表現とみなすべき用語がありますが、作品の時代背景、文学性、また著者（故人）に差別を助長する意図がないことなどを考慮し、用語の改変はせずに原文通りとしました。

江《え》戸《ど》人情《にんじよう》短編《たんぺん》傑作《けつさく》選《せん》
酔《よ》いどれ鳶《とんび》

朝日文庫

2021年10月30日　第1刷発行

著　　者　宇《う》江《え》佐《ざ》真《ま》理《り》
編　　著　菊《きく》池《ち》　仁《めぐみ》

発 行 者　三 宮 博 信
発 行 所　朝日新聞出版
〒104-8011　東京都中央区築地5-3-2
電話　03-5541-8832（編集）
03-5540-7793（販売）
印刷製本　大日本印刷株式会社

ISBN978-4-02-265010-8